KB137574

동해, 시가 빛나는 바다

최재봉 지음

울릉

울진

포항

들어가는 말

동해, 하면 흔히 강원도를 떠올리기 십상이다. 그러나 동해를 끼고 있는 지역이 강원도만은 아니다. 경상북도의 5개 시군이 역시 동해 바닷물에 발을 담그고 있다. 강원도 삼척 아래에 차례대로 울진, 영덕, 포항, 경주가 있고 멀리 바다 한가운데에는 독도를 거느린 울릉도가 자리하고 있다. 그리고 경주 아래로는 울산과 부산이 동해와 남해의 경계를 이룬다.

이 책은 동해에 면한 경북 5개 시군을 다룬 시들을 모으고 각 시에 대한 짧은 감상을 곁들인 시 감상집이다. 시군별로 10편씩 모두 50편을 고르되, 시인 한 사람당 한 편씩으로 제한하기로 했다. 출판사의 도움을 받아 가며 적절한 작품을 고른다고는 했는데, 끝내고 나서도 아쉬움이 적지 않게 남는다. 시군별·시인별 안배라는 제약 때문에 마땅히 들어가야 할 작품이 빠졌고, 해당 시군 내에서 특정 지역에 대한 쏠림이 나타나기도 했다. 그런 제약이 아니더라도, 미처 챙기지 못한 좋은 작품들이 더 있을 것으로 믿는다. 기회가 된다면 기획 취지에 어울리는 작품들을 추가해 완성도를 높이고 싶은 마음이다.

이 책은 경북 동해안 5개 시군을 여행하는 이들의 현장 답사에 도움을 주고자 하는 취지에서 기획되었다. 독자들이 답사 현장에서 시와 감상을 읽으며 여행의 감흥을 더 진하게 맛볼 수 있게 하고자 했다. 현장성을 우선으로 삼은 만큼 전문적인 시 비평과는 거리가 멀다. 작품에 대한 글은 가능한 한 쉽고 친절하게, 분석보다는 설명과 안내의 성격을 지니도록 했다. 시에 대한 좀 더 깊고 체계적인 분석은 전문 비평가들의 몫으로 남겨 두었다.

시를 고르고 감상과 해설을 곁들이면서 새삼 느낀바, 이 땅 곳곳에는 가야 할 곳이 널렸고 그 장소들을 노래한 시들도 풍성하다. 국토에 대한 시인들의 넘치는 애정을 다시금 확인할 수 있었다. 시인들의 국토 사랑이 단순히 보기 좋은 풍광에 대한 것으로 국한된 것은 아니다. 이 땅을 보듬고 흘러온 겨레의 장구한 역사와 문화, 곳곳에 터 잡고 살아온 이들의 노동과 유희, 이런 인간 활동의 듬직한 배경을 이루는 자연환경이 두루 시인들의 노래를 끌어냈다. 무엇보다 그 노래의 질료를 이루는 우리말의 정겨운 아름다움을 잊어서는 안 되리라. 이 책이 그 모두를 아우르는 편안한 안내서가 되었으면 하는 바람이다.

시인이자 '음식시학' 대표인 이종주 선생의 제안으로 이 책이 시작되었다. 좋은 기회를 주신 이종주 시인께 감사드린다. 출판사 걷는사람의 대표인 김성규 시인과 편집자들께도 감사드린다.

2020년 12월
최재봉

경주

불국사

박목월

흰 달빛
자하문

달 안개
물 소리

대웅전
큰 보살

바람 소리
솔 소리

범영루
뜬 그림자

흐는히
젖는데

흰 달빛
자하문

바람 소리
물 소리.

일찍부터 교과서에도 실려 익숙한 작품이다. 오히려 너무 익숙해서 그 맛과 멋을 제대로 음미하기 어려울지도 모르겠다. 대중의 사랑을 받는 노래를 무의식적으로 흥얼거리면서도 막상 그 멜로디와 노랫말은 충분히 새기지 못하는 경우와 비슷하다고나 할까. 더구나 이 작품은 3·3조를 기본으로 하는 정형시적 구성으로 별 '생각 없이'(!) 술술 읊조리기 십상이다. 이런 시를 제대로 읽고 감상하는 방법은 바쁘게 내달리려는 눈과 머리를 진정시키고 시어 하나하나를 깊고 길게 호흡하는 것이다. 장황하고 서술적인 시보다는 이 작품처럼 짧고 단아한 쪽에 언어적 세공을 둘러싼 시인의 고민과 노고가 훨씬 더 많이 들어 있는 법이다. 불국사의 다보탑과 석가탑을 새긴 석공처럼, 시인 역시 많은 것을 깎아 내고 다듬어서 완성도 높은 한 편의 시를 조탁했다는 점을 염두에 두고 시를 읽어 보자.

이 시는 세 글자 또는 네 글자로 이루어진 두 행을 한 연으로 삼고 그런 연이 여덟 개 나열된 구조를 지닌다. 나머지 모든 연이 명사로 된 데 비해 제6연만 부사와 서술어로 이루어져 변화를 보인다. 이런 변화 또는 일탈은 시적 긴장을 흐트러뜨리기보다는 보완하는 효과를 지닌다. 전체적으로 3·3조 '정형'을 지키면서도 이따금씩 4·3조 또는 3·4조로 변형을 주는 것도 마찬가지. 이런 식의 변용은 자칫 딱딱할 수 있는 정형의 틀에서 벗어나 숨 쉴 여지를 주면서 동시에 형식미를 새롭게 상기시키는 구실을 한다.

내용상으로 보면 이 시는 불국사의 고요한 달밤을 노래한 작품이다. 인간의 흔적과 개입을 최소화하고 건물과 자연물을 주인공의 자리에 올림으로써 불국사의 진면목을 부각시키는 방식을 택했다. 생략과 여백의 미를 최대한 살린 형식이 그런 주제를 효과적으로 뒷받침한다. 우리가 흔히 여행길에 보는, 인파로 북적이는 불국사와는 다른, 적요 속의 불국사를 눈에 보이듯 삼삼하게 묘사한 것이 이 시의 가장 큰 성취라 할 수 있다. 사찰이라는 공간의 본질이 기원과 명상에 있다고 할 때, 그런 본질에 가장 부합하는 불국사의 모습을 단정하고 깔끔한 형식에 담은 명편이다.

동해 바닷속의 돌거북이 하는 말

이근배

돌엔들 귀 없으랴 천 년을 우는 파도 소리, 소리……. 어질머리로다, 어질머리로다, 내 잠 머리맡의 물살을 뉘 보낸 것이냐.

천 년을 유수라 한들 동해 가득히 풀어놓은 내 꿈은 천의 용의 비늘로 떠 있도다.

나는 금(金)을 벗었노라, 머리와 팔과 허리에서 신라 문무왕 그 영화 아닌 속박, 안존 아닌 고통의 이름을 벗고 한 마리 돌거북으로 귀 닫고 눈 멀어 여기 동해 바다에 잠들었노라.

천 년의 잠을 깨기는 저 천마총 소지왕릉의 부름이었거니 아아 살이 허물어지고 피가 허물어져 불타는 저 신라 어린 계집애 벽화(碧花)의 울음소리, 사랑의 외마디 동해에 몰려와 내 귀를 열어,

대왕암 이 골짜기에 나는 잠 못 드는 한 마리 돌거북.

시조 시인 가람 이병기를 기려 제정한 가람시조문학상의 제 4회(1982년) 수상작이다. 얼핏 보아서는 이 작품이 시조라는 사실을 알아차리기 쉽지 않다. 시조의 엄격한 정형률에서 크게 벗어나 있기 때문이다. 이렇듯 글자 수와 형식에서 한껏 자유를 구가한 시조 작품을 '사설시조'라 이른다. 이 작품은 사실 자유시 또는 산문시라 해도 손색이 없을 정도로 느슨한 형식을 지니고 있는데, 초장 시작 부분인 "돌엔들 귀 없으랴"(3 · 4)와 종장 앞부분 "대왕암 이 골짜기에"(3 · 5)가 시조의 자수율에 부합함으로써 가까스로 시조의 틀을 유지하고 있는 셈이다.

제목에서 보듯 이 작품은 대왕암 바닷속 돌거북이 하는 말로 되어 있다. 이 돌거북은 대왕암에 묻힌 신라 문무왕인데, "금을 벗"고 "그 영화 아닌 속박, 안존 아닌 고통의 이름을 벗고 한 마리 돌거북으로" 이 바닷속에 잠들었노라고 자신을 소개한다. 바닷속에 잠들면서 "귀 닫고 눈 멀"었던 그가 다시 깨어난 계기는 "천마총 소지왕릉의 부름"이라 했다. 시인은 1973년에 발굴된 천마총의 주인을 소지왕으로 보는 듯한데, 이 능의 주인이 누구인지는 아직까지 확인되지 않았다. 소지왕의 뒤를 이은 지증왕이라는 설이 오히려 더 유력하다. 소지왕릉으로 추정되는 능으로는 황남대총으로 알려진 경주 98호 고분도 있다. 여기서 출토된 골편이 60살 남자와 15살가량 된 여성의 것이라는 연구 보고가, 죽었을 때 각각 60대와 16살이었다는 소지왕과 벽화의 나이에 부합하기 때문이다. 이 시에 나오는 "신라 어린 계집애 벽화의 울음소리, 사랑의 외마디"라는 구절은 『삼국사기』에 소개된 소지왕과 소녀 벽화의 슬픈 사랑 이야기를 가리킨다. 감포 대왕암은 죽어서도 용이 되어 나라를 지키겠다는 호국 의지를 상징하는 공간이지만, 이 시에서는 그와 함께 늙은 왕과 소녀의 사랑과 죽음에 얽힌 아픈 사연을 상기시키는 곳으로 그려진다.

나라에 대한 사랑("동해 가득히 풀어놓은 내 꿈")과 두 남녀의 사랑("살이 허물어지고 피가 허물어져 불타는")이 부딪쳐 일으키는 파도가 돌거북이 된 문무대왕의 잠을 어지럽게 하고 있음이다.

경주 남산에 와서

유안진

묻노니, 나머지 인생도
서리 묻은 기러기 죽지에
북녘 바람길이라면

차라리
이 호젓한 산자락 어느 보살 곁에
떼 이끼 다숩게 덮인
바위로나 잠들었으면

어느 훗날
나같이 세상을 춥게 사는
석공이 있어
아내까지 팽개치도록
돌에 미친 아사달 같은
석수장이 사나이 있어

그의 더운 손바닥
내 몸 스치거든
활옷 입은 신라녀로 깨어나고저.

경주 남산은 불상과 석탑의 나라다. 경주 남산연구소에 따르면 이곳에는 불상이 118좌, 탑이 96기 들어서 있다. 절터는 무려 147곳에 이르며 석등과 왕릉, 고분 등을 포함한 문화유적 전체 숫자는 672개에 이른다. 남산이 유네스코 세계문화유산에 등재된 까닭이다.

유안진의 시 「경주 남산에 와서」는 바로 이곳 경주 남산의 수다한 불상에서 영감을 얻은 작품이다. 시의 화자에게 지금까지의 삶은 시리고 고단한 세월이었다. 남은 날들도 지금까지와 다를 바 없다면, 하는 가정에서 시가 출발한다. 그때 그의 눈에 들어온 것이 경주 남산의 불상이다.

시는 추위와 따뜻함의 대립 위에 서 있다. 화자에게 현재의 삶은 추위의 이미지로 표상된다. "서리 묻은 기러기 죽지""북녘 바람길"은 그가 느끼는 추위의 외현물들이다. "떼 이끼 다숩게 덮인/바위"는 그에 대비되어 따뜻함을 표상한다. 지금의 삶을 힘들게 이어 가느니 "바위로나 잠들었으면" 하는 지친 소망이 그를 유혹한다.

바위가 되어 잠드는 것으로 시가 마무리되는 것은 아니다. 화자는 현세의 삶을 접으려 하지만, 그렇다고 해서 불교에서 가르치는 대로 윤회의 업보를 아예 끊으려는 것은 아니다. 그의 머릿속에는 "어느 훗날"이라는 미래시제가 자리해 있다. 명시되지 않는 미래의 어느 날, "나같이 세상을 춥게 사는/석공"의 손을 거쳐 "활옷 입은 신라녀로 깨어나"고자 하는 것이 화자의 최종적인 소망이다. 석공 역시 세상을 춥게 산다는 점에서는 화자와 같은 처지이겠는데, 그의 "더운 손바닥"이 "내 몸(을) 스치"는 상상은 화자가 추구하는 따뜻함을 넘어 모종의 에로틱한 온기를 뿜어낸다. 그렇다는 것은 화자가 현재의 삶에서 느끼는 추위가 사랑의 결핍과 무관하지 않으리라는 짐작을 가능하게 한다.

경주 남산의 불상들은 분명 신라를 비롯해 먼 과거의 유물인
데, 이 시의 화자는 그 유물들에 자신의 아득한 미래태를 의탁
한다. 그런 점에서 남산의 불상은 그에게 일종의 '오래된 미래'
로 구실한다. 이렇듯 유토피아의 이미지는 흔히 지나간 과거의
소환 및 재구성인 경우가 많다.

경주 남산

이하석

돌 안에 슬픔이, 금 가기 쉬운 상처가
들어앉아 있다
미소를 머금은 채

누가 그걸 깎아 불상으로 드러내놓았을까
제 마음 형상 깎아내놓고
내 슬픔 일깨우려 기도하라는가

나는 없고
이 돌만이 오래 있을 뿐
슬픔 앞에 불려온 이들 기도로
천둥 치면 어둡던 돌의 뒤가 환해진다

이 시의 화자 눈에 비친 경주 남산 석불은 분명 미소를 머금고 있다. 그럼에도 화자는 그 미소 아래에 자리한 상처와 슬픔을 놓치지 않는다. 그리고 그 슬픔과 상처는 석불과 돌의 그것이기 전에 그 돌을 깎아 불상으로 드러내 놓은 석수장이의 슬픔과 상처이다. 화자가 알지 못하는 그 장인이 자신의 슬픔과 상처를 돌에 새긴 결과가 지금 화자가 보고 있는 불상인 것이다. 그런데 석수장이가 자신의 슬픔과 상처를 드러내는 방식은 불상으로 하여금 슬픔의 눈물을 흘리거나 상처의 고통에 얼굴을 찡그리게 하는 것이 아니라, 거꾸로 은은한 미소를 머금게 함으로써다(영화 〈인생은 아름다워〉에서 죽음에 이르는 비극적 상황 속에서도 아이를 안심시키기 위해 아버지가 펼치는 코믹 연기가 오히려 관객의 눈물샘을 자극하는 이치와 비슷하달까). 그리고 그 미소를 봄으로써 화자는 석수장이의 슬픔과 상처를 엿보는 것은 물론이고 화자 자신의 슬픔 역시 새삼 깨닫게 된다. 그러니까 석불의 미소는 석수장이의 슬픔과 화자의 슬픔을 이어 주는 매개 구실을 하는 것이다.

마지막 3연에서 시는 석불과 화자 '나'의 관계에서 벗어나 보편성의 차원으로 나아간다. 미소 뒤에 슬픔을 감춘 석불이 영접하는 사람이 '나'만은 아닌 것이다. 석불은 오랜 시간에 걸쳐 '나'와 마찬가지로 슬픔과 상처를 간직한 이들을 다독여야 할 운명이다. 자신의 슬픔에 이끌려 석불을 만나러 온 이들은 석불 앞에 기도를 드리고, 그 순간 천둥과 번개가 그 만남을 축복한다. 기도가 천둥을 부르고 그 결과 "어둡던 돌의 뒤가 환해진다"는 시의 결말은 구원과 상생의 이치를 생생한 시각적 상징으로 보여준다. 사람들은 석불의 슬픔을 접하며 자신의 슬픔과 화해하게 되고, 그런 과정을 통해 거꾸로 석불과 이름 없는 석수장이의 슬픔 역시 다독일 수 있게 되는 것이다. 누군가가 돌을 깎아 불상을 모시고 다른 누군가가 그 불상 앞에 기도 드리는 이치가 대체로 이러하다.

경주 남산

정호승

봄날에 맹인 노인들이
경주 남산을 오른다
죽기 전에
감실 부처님을 꼭 한번 보고 죽어야 한다면서
지팡이를 짚고 남산에 올라
안으로 안으로 바위를 깎아 만든 감실 안에
말없이 앉아 있는 부처님을 바라본다
땀이 흐른다
허리춤에 찬 면수건을 꺼내 목을 닦는다
산새처럼 오순도순 앉아 있다가
며느리가 싸 준 김밥을 나누어 먹는다
감실 부처님은 방긋이 웃기만 할 뿐 말이 없다
맹인들도 아무 말이 없다
해가 지기 전
서둘러 내려오는 길에
일행 중 가장 나이 많은 맹인 노인이
그 부처님 참 잘생겼다 하고는
캔사이다를 마실 뿐
다들 말이 없다

정호승의 이 시에서 맹인 노인들이 찾아가는 감실 부처님은 경주 남산의 불교 유적 중에서도 몇 안 되는, 삼국 통일 이전 시기의 작품으로 추정된다. 이 불상의 정식 명칭은 '경주남산불곡 마애여래좌상'. 유홍준의 책 『나의 문화유산답사기』 첫 권의 경주 편 제1장에 이 불상이 나온다. 유홍준은 "경주에 있는 수백, 수천 가지 신라 유물 중에서 나의 마음을 언제나 평온의 감정으로 인도하는 유물은 이 감실 부처님이다. 내가 이 넉넉한 인상의 현세적 자비심이 생동감 있게 다가오는 감실 부처님 앞에 선 것은 몇 번인지 나도 알 수 없다."고 소개한다. 책에 실린 사진 설명에서는 이 부처님의 얼굴과 표정을 두고 "마치 인자한 하숙집 아주머니를 연상케 하는 따뜻한 인간미가 살아 있다"고 표현했다.

정호승의 시에서는 앞이 보이지 않는 노인들이 이 유명한 감실 부처님을 죽기 전에 꼭 한 번 보고 싶다며 지팡이를 짚고 산을 오른다. 시력을 잃은 이들이 불상을 '본다'는 게 얼핏 말이 안 되는 것 같지만, 반드시 눈으로 확인해야만 볼 수 있는 것은 아니다. 이들이 "안으로 안으로 바위를 깎아 만든 감실 안에/ 말없이 앉아 있는 부처님을 바라본다"고 할 때, 그들이 부처님을 보기 위해 동원하는 것을 일러 마음의 눈, 곧 심안(心眼)이라 할 수 있을 것이다. 그저 가까운 거리에서 부처님의 '숨결', 그러니까 존재감을 느끼는 것만으로도 노인들은 소기의 목적을 달성하는 셈이 된다. "산새처럼 오순도순 앉아 있"거나 "며느리가 싸 준 김밥을 나누어 먹는" 일은 이들이 부처님께 예를 올리는 나름의 방식이 된다. "방긋이 웃"는 감실 부처님의 표정은 노인들의 '예불'에 대한 만족감을 나타낸다. 부처님도 노인들도 "말이 없다"고 시인은 적었는데, 염화시중의 미소가 바로 이런 것 아니겠는가. 그러니 앞 못 보는 노인 하나가 "그 부처님 참

잘생겼다"고 부처님 얼굴 품평을 한들, 보지도 못해 놓고 거짓
말한다고 타박해서는 안 될 일이겠다.

감은사지

백무산

눈 내리는 감은사지를 보셨는지요
희디흰 눈옷 입은 돌탑을 보셨는지요

말없이 올려다보셨는지요
눈의 부력에 둥실 뜬
탑 그림자가 가슴께에 차오를 즈음
터엉—
허공에서 울리는 범종소리 들어보셨는지요

마음이,
돌보다 더 단단한 마음이
돌탑을 씹어먹던 사나운 마음이
돌의 부력에 수소처럼 둥실 떠올라
돌의 수면에서 찰랑 물무늬로
흩어지는 걸 지켜보셨는지요

어찌 옛사람들은 탑을 쌓는 일보다
인간을 더 이익되게 하는 일이 없다 했는지
와서 보시면 짐작은 하실 게요

땅에 그런 일 마음에도 그러하니

마음에, 널브러진,
그 산란한 자재들, 수습하여
탑 하나 뚝딱뚝딱 지어 가시지요
마음은 텅 비어 있노라는 말은 믿지 말고

유홍준의 『나의 문화유산답사기』 제1권은 감은사지 탑을 찍은 사진을 표지로 삼았다. 1993년에 제1권 초판이 나온 뒤 30년 가깝도록, 일종의 번외편이라 할 일본편과 중국편을 제하고도 시리즈 연번이 제10권을 기록하도록 꾸준히 이어진 이 베스트셀러를 상징하는 얼굴이 바로 감은사지 탑인 셈이다. 이 책의 개정판에서 유홍준은 이 책 초판이 나온 뒤 칠순이 넘은 어머니가 "에미도 네 책 표지에 나오는 감은사탑 좀 보여주렴" 하는 부탁을 하셨던 일화를 소개한다. 저자의 어머니뿐만 아니라 수많은 독자들에게 이 책 표지의 감은사 탑 사진은 우리 문화유산에 대한 관심과 애정을 북돋우는 역할을 한 셈이다.

감은사지 탑은 총높이 13미터이고, 상륜부 쇠꼬챙이(찰주)의 높이 3.9미터를 제해도 9.1미터에 이르러 한국의 삼층 석탑 가운데에서는 가장 큰 규모라고 한다. 게다가 이런 탑이 동탑과 서탑 두 기가 서 있으니, 그 당당함과 장엄함은 눈으로 확인하기 전에는 차마 말로 설명하기 쉽지 않다. 이층 기단에 삼층 탑신이 올라앉은 이 쌍탑은 "안정감과 상승감을 동시에 충족시킨(다)"고 『나의 문화유산답사기』는 설명한다.

백무산의 이 시에서 강조되는 것은 탑의 상승감이다. "돌보다 더 단단한 마음" "돌탑을 씹어먹던 사나운 마음"이 이 탑을 접하는 순간 "수소처럼 둥실" 떠오른다. '돌보다 단단한 마음'이라니 기독교에서 말하는 반석 같은 믿음이 연상되기도 하지만, 여기서는 무겁게 가라앉고 굳게 닫힌 마음의 중압감을 상징하는 표현이다. 그런 마음을 수소처럼 공중으로 띄워 올려 흐트러뜨리는 부력을 탑은 지녔다.

옛사람들이 땅 위에 탑을 세운 까닭이 바로 여기에 있다고 시인은 파악한다. 구원과 해탈의 절대자를 향한 염원이라기보다는 마음의 짐을 내려놓고 어디까지나 가벼워지려는 지향이

탑의 상승감으로 표현되었다는 것. 그와 마찬가지로 그대의 마음 안에도 "탑 하나 뚝딱뚝딱 지어 가시"라고 시인은 권유한다. 마음은 비어 있는 것이 아니고, 아마도 온갖 근심 걱정으로 무겁고 어지러울 테니, "마음에, 널브러진,/그 산란한 자재들, 수습하"면 탑 하나 짓는 것이야 일도 아닐 게라고 시인은 조근조근 설명한다.

감은사지·2

정일근

저기 저 돌 속에 신라여인아, 네가 남긴 따뜻한
사랑의 체온 한 움큼, 아직도 남아 있을 것 같다
탑을 바라볼 때마다 불가사의한 사랑
천년을 몸 속에 담고 나는 너를 따라
너는 나를 따라 윤회해 온 사랑의 유전자가 되살아나고
그날 동해로 달아난 감은사 목어가 대종천을 타고 올라와
운다
법고 운판 범종이 덩달아 깨어 운다
절은 이미 이름만 남기고 무성한 풀 속으로 사라지고
순금으로 빛나던 사직도 흙 속에 묻혀 잠들어 버렸는데
사랑아, 너는 어느 세월 이곳에 머물다 갔느냐
또 지금은 꽃과 별, 그 아득한 무엇으로 윤회를 되풀이하며
이 쓸쓸한 일몰의 절터로 나를 찾아오고 있느냐
동해에서 떠오른 붉은 달은
서쪽 기림사를 찾아가다 탑 속으로 숨어들고
기다려 다오 기다려 다오 사랑아
내 사랑은 저기 저 따뜻한 돌 속의 신라여인
오늘 밤 내가 탑 속으로 돌아간다
내 속으로 내가 돌아간다

정일근의 시집 『처용의 도시』(1995)에는 '감은사지' 연작 10편이 실려 있다. 이 연작들은 천여 년 전 신라와 불교적 인연 및 윤회의 세계관이 현재의 '나'와 결부되는 양상들을 신화적 이미지와 유려한 가락에 얹어 노래한다. 이 연작들에 나오는 "사랑하는 신라여인"(「감은사지 · 1」)을 반드시 세속적 정념과 욕망의 대상으로만 이해할 일은 아니겠다. 그보다는 오히려 현실의 예토(穢土)에 대비되는 정토(淨土)를 상징하는 존재, '나'를 해탈과 법열의 경지로 이끄는 안내자(단테의 『신곡』에서 주인공을 천국으로 이끄는 베아트리체와 흡사한)로 보아야 할 것이다.

연작 제2편에서 화자는 감은사지 탑에 신라여인이 남긴 "사랑의 체온"을 그리워한다. "나는 너를 따라/너는 나를 따라", 신라여인과 '나'는 사랑의 윤회를 거듭하는 중이다. 탑은 그 사랑의 목격자이며 매개자이기도 하다. 그러나 한때 창성했을 절이 "이름만 남기고 무성한 풀 속으로 사라"진 것처럼, 이들의 사랑도 "어느 세월 이곳에 머물다" 어디론가 가 버린 지 오래다. 사랑하는 신라여인은 절터 주변의 꽃과 밤하늘의 별, 또는 다른 그 무언가로 모습을 바꾸어 가며 윤회전생을 되풀이한다. 마음 급한 '나'는 신라여인을 찾아 탑 속으로 들어가기로 한다. 사랑의 원적지이자 종착지이기도 한 탑 속으로 돌아가려는 것이다.

그러나 이어지는 연작 제3편 중 "내가 떠나온 길에서 돌아오고/내가 돌아오는 길에서 다시 떠나가는 신라여인"이라는 구절에서 보듯, 이들의 사랑은 어긋나기만 할 뿐 좀처럼 맺어지지 않는다. 이들이 다시 만나고 어긋난 사랑의 사개를 맞추자면 인간의 셈법으로는 땅띔도 하기 힘든 억겁의 세월이 필요하다. 예토가 정토로 바뀌는 불법(佛法)의 대역사가 수반되어야 하는 것이다. "땅 속에 돌 속에 잠든 부처들이 깨어나고/돌마다 돋아난

천년의 혀들이 용화(龍華)마을로 돌아가는 날/(…)/56억 7천만 년 후 용화수(龍華樹) 그늘 아래서 만나자"(「감은사지 · 3」)는, 미륵보살의 하화중생(下化衆生)에 기댄 약속은 희망인가 체념인가.

흥덕왕릉 소나무숲

조용미

  빛과 어둠의 경계가 너무 커 소름이 돋는다 하늘을 다 가려
버린 노송들 아래 찬바람만 빈 자리를 드나들고 있는 소나무숲
엔 버섯조차 자라지 않는다 새들도 이곳을 쉽사리 들여다볼 수
없다 한줄기 햇살의 틈입도 허락하지 않는 곳, 짙은 그늘 아래
얼마나 오래 굳어 있었을까 언제 꽃과 풀들을 피워보기라도 한
것일까 흙은 단단한 바위처럼 누워 있다

  꿈틀꿈틀, 빛을 향한 욕망이 소나무의 몸을 온통 뒤틀리게
했다 불길을 피해 몸을 트는 화형장의 마녀의 몸부림이 저러했
을까 감출 수 없는 욕망의 흔적으로 가득한 이곳을 연옥이라 부
르고 싶다 계절이 아무리 바뀌어도 한가지 풍경만을 가지고 있
는 곳엔 시간도 멈추어버린 지 오래, 빛을 향한 마음이 하늘에
닿는 곳 욕망의 끝 간 데 없는 거기, 소나무가 가장 높이 뻗어올
린 가지 끝 그곳에 빛의 폭포가 쏟아진다

  소나무숲 아래를 감도는 찬바람은 아마도 내게 흥덕왕릉이
이곳에 있게 된 사연을 말해주고 싶어하는 눈치다 길 가는 사람
의 궁금증을 다 풀어주기엔 시간의 올을 너무 많이 풀어내야 하
는 것일까 저 오래된 소나무들은 그걸 알고 있다

  뒤틀린 나뭇가지들의 아우성과 한없이 솟아오르려는 나무의

힘이 동떨어진 한 세계를 이루고 있는 그곳엔 시간을 거역하는
서늘함만이 왕릉의 입구를 지키고 있다

흥덕왕릉은 신라 제42대 흥덕왕(재위 826-836년)과 먼저 죽은 장화부인을 합장한 무덤이다. 경주 시가에서 가장 멀리 떨어진 능으로도 알려졌는데, 경주시의 북부 안강읍에서도 외곽 지역이어서 경주 시내보다는 포항 시가지에 더 가까운 편이다. 그러나 신라의 왕릉 가운데에서는 원성왕릉과 함께 능묘조각을 잘 갖춘 왕릉으로 꼽힌다. 특히 능원을 지키는 무인석상이 원성 왕릉과 마찬가지로 서역인의 모습을 하고 있어서 신라의 활발한 대외 교역을 알 수 있게 한다.

서역인의 모습을 한 무인석상과 함께 흥덕왕릉의 또 다른 명물은 능 입구의 소나무 숲이다. 경주의 거의 모든 능 주변에는 제멋대로 뒤틀린 몸통이 인상적인 소나무들이 자라고 있지만, 그 가운데에서도 흥덕왕릉 소나무 숲은 사진작가들의 사랑을 듬뿍 받을 정도로 잘 알려져 있다. 특히 안개가 자욱하게 낀 날이거나 햇빛이 길게 들어오는 이른 아침 또는 저물녘에 근사한 사진을 건질 수 있다.

조용미의 이 시는 빛과 어둠의 대비에 주목한다. "빛을 향한 욕망"으로 몸부림치느라 뒤틀린 노송들은 "한줄기 햇살의 틈입도 허락하지 않는"다. 그 결과 흙은 생명력을 잃고 "단단한 바위처럼" 굳어 버렸다. 나무가 빛을 향해 자신을 내뻗는 움직임은 생명의 자연스러운 발현일 터인데, 시인은 거기에서 "불길을 피해 몸을 트는 화형장의 마녀의 몸부림" 또는 "감출 수 없는 욕망의 흔적"을 본다. 그래서 시인은 이 소나무 숲을 "연옥이라 부르고 싶"노라고 한다.

욕망의 몸부림으로 뒤틀린 소나무들의 몸통, 그리고 그들이 드리운 그늘로 인해 생명력을 잃고 굳어 버린 흙바닥에 대비되는 것이, 나무들이 상승 운동을 통해 가 닿은 "가지 끝(의) 빛의 폭포"다. 소나무의 욕망의 대상인 그 빛이 바로 아래쪽에 "짙은 그늘"을 드리운 주범이라서일까, 가지 끝에 쏟아지는 빛에 시인은 그다지 호의적이지 않은 것 같다. 그의 마음은 "소나무숲 아래를 감도는 찬바람"에 더 기울어 보인다. "뒤틀린 나뭇가지들의 아우성과 한없이 솟아오르려는 나무의 힘"에 회의와 의심의 눈초리를 보낸 시인이 "시간을 거역하는 서늘함"으로 하여금 왕릉 입구를 지키게 하는 데에서도 그늘과 서늘함을 향한 그의 편애는 뚜렷하다 하겠다.

경주 황룡사터 생각

지난봄 경주 황룡사터엘 꼭 가보고 싶어
거길 갔었습니다
종달샌지 공중으로 떠오르다가 가라앉고
주춧돌들 나란히 나란히 무릎 꼭 오그리고 제자리 앉았는 자
리마다
하늘도 그 주춧돌의 하늘로서 하나씩 서 있었습니다
주춧돌 하나하나마다 앉아서 한 시간쯤씩
아니 하루쯤씩 앉아 있어보고 싶었습니다
어쩌면 허공을 오르락거리는 새들은
한평생씩 앉았다 가라는 것 같았지만
그만 내 가진 목숨이란 게 그걸 못하게 하고는 재촉하는 바
람에 그냥 일어나고 말았습니다
어느 생에서는 꼭 그 주춧돌 위에
자정 넘긴 하루씩은 세워보고 싶은데
어디에 무슨 숨으로 기원해야 하는지 모르는 채
이승은 다 갈 것 같습니다
귀에 맴도는 종달새들 소리만 몇 남겨서
저승까지 굴려가야만 할 것 같습니다

황룡사는 신라는 물론 삼국 시대를 통틀어서도 가장 큰 절이었다. 크기가 5미터에 이르렀다는 장륙존불(금동 불상)과 80미터 높이의 목조 구층탑은 진평왕의 천사옥대(허리띠)와 함께 신라삼보로 꼽힌다. 비록 13세기 초 몽골 침략 때 완전히 불타 없어졌지만, 1970~80년대에 이루어진 발굴 조사 결과 담장 내 면적이 동서로 288미터, 남북 281미터에 이르는 규모인 것으로 확인되었다.

장석남의 이 시에서 화자는 말로만 듣던 황룡사터를 처음 찾아간다. 발굴된 유물들은 대부분 박물관으로 갔고 현장에 남아 있는 것은 주춧돌들뿐이지만 그것만으로도 과거의 영광을 짐작하기에 어렵지 않다. "하늘도 그 주춧돌의 하늘로서 하나씩 서 있었"다는 구절은 주춧돌 하나하나마다에 어려 있는 무게와 의미를 강조한 표현이겠다. 하늘이 주춧돌을 대하는 태도가 그러하므로 화자 역시 "주춧돌 하나하나마다 앉아서 한 시간쯤씩/아니 하루쯤씩 앉아 있어보고 싶"다는 마음을 품는다. 황룡사터를 대하는 태도는 모름지기 이러해야 하지 않을까. 생각 없이 공중으로 떠올랐다 가라앉곤 하는 종달새조차 "(주춧돌 하나마다) 한평생씩 앉았다 가라"고 권유하지 않겠는가. 그러나 세속 잡사에 매여 있는데다 목숨은 유한할 뿐인 화자에게 그것은 가능하지 않은 일. 못내 아쉬움과 미련이 남지만 화자는 엉덩이를 털고 자리에서 일어날 밖에 다른 도리가 없다. 주춧돌 하나마다 "자정 넘긴 하루씩은 세워보"는 일은 아마도 이승이 아니라 저승까지 가져갈 과제로 남겨두어야 할 것 같다. 그 길에 종달새가 동행이 되어 주면 더 좋고.

황룡사터와 같은 거대한 폐허 또는 흔적을 대하면 인간은 평소 얻기 어려운 어떤 영원의 감각을 맛보게 된다. 비록 그 감각에 부합하는 행동으로 즉각 나아가지는 못하더라도 한번 접한 영원의 느낌은 쉽게 사라지지 않아서 번다하고 잡스러운 일상에 깊이를 부여하게 된다. 그날이 그날 같은 삶을 좀 더 풍요롭고 의미 있게 만들기 위해 우리가 이따금씩은 황룡사터 같은 곳을 만나러 가야 할 필요가 거기에 있다.

감은사지 가는 버스

김은경

해안선이 길을 따라 휘어진다
감은사지 가는 완행버스

떨어지는 해는 손에 잡히지 않는다
붉은 뺨이 어제의 사람을 닮았다

낯선 관광객처럼 눈에 익은 조문객처럼
어디서 와 어디로 가는지
바퀴는 덜컹덜컹 잘 구르고

비린 마을을 지나 버스는 내리 동해를 달리고
나를 아프게 하는 것은
떠난 이의 뒤편도 흘러간 노래도 아닌 아주 사소한
모래바람 따위
사막에서도 길을 내어 가는 것들

대소쿠리 가득 바다를 이고 방죽을 걸어가는
주름진 여자,
여자가 흘리고 간 발자국마다 유해 같은 소금이 쌓이는 오후

모래밭 위 오징어처럼 말라 갈 수 있는 상처가 있다면

꼿꼿이 말뚝 박고 서서
스쳐간 익명의 길들 해풍에 내거는 어느 날이 온다면

잠을 청해도 귀를 닫아도 사방엔 물결치는
파도,

파도는 비통을 모르고 파도는 애도를 모르지만

감은사지 가는 길,
돌아갈 수 없는 외길이라면
오래전 죽은 별들이 건너와 모르는 척
뒤척이고 있는 거라면

감은사지로 가는 방법은 경주를 출발해 토함산 북동쪽 산자락을 타고 황룡계곡을 굽이굽이 돌아 추령고개를 넘은 뒤 대종천과 나란히 뻗은 너른 들판길을 택하는 게 일반적이다. 길은 감은사지를 지나면 곧장 대왕암에 이른다. 위의 경로 설명은 유홍준의 『나의 문화유산답사기』에서 빌려온 것인데, 이 책에서 유홍준은 "잊을 수 없는 아름다운 길"로 이 길을 꼽았다. "불과 30킬로미터의 짧은 거리이지만 이 길은 산과 호수, 고갯마루와 계곡, 넓은 들판과 강, 그리고 무엇보다도 바다가 함께 어우러진 조국강산의 모든 아름다움의 전형을 축소하여 보여준다"는 점에서다.

그러나 이 시의 화자는 그런 일반적인 경로를 택하지 않는다. 그는 지금 동해안을 따라 감은사지를 향해 가는 완행버스에 타고 있다. 때는 늦은 오후. 서쪽으로 "떨어지는 해는 손에 잡히지 않"고, 물질을 마친 늙은 여자는 "대소쿠리 가득" 그날의 소출을 인 채 방죽을 걸어간다. 버스 안 화자는 무슨 일인지로 마음이 아프다. "나를 아프게 하는 것은/떠난 이의 뒤편도 흘러간 노래도 아닌 아주 사소한/모래바람 따위"라고 그는 짐짓 말하지만, 다름 아니라 떠난 이의 뒤편과 흘러간 노래가 그를 아프게 한다는 사실을 독자는 알고 있다. '사소한 모래바람'은 그가 애써 눌러 둔 아픔의 진짜 이유를 헤집어 놓는 촉매 역할을 할 뿐이다. 버스 안에서 그는 잠을 청하거나 귀를 닫아 두려 하지만 사방에서 물결치는 파도 소리를 물리칠 방도는 마땅치가 않다. "파도는 비통을 모르고 파도는 애도를 모르지만"이라고 그는 다시 짐짓 파도를 무시(?)해 보지만, 사실 그가 파도 소리를 물리치고자 하는 까닭은 그것이 자기 안의 비통과 애도를 다시 일깨우기 때문이다. 강한 부정은 강한 긍정으로 이해해야 한다는 이치는 이 시에도 고스란히 들어맞는다.

화자는 이별의 상처와 아픔을 지닌 채 감은사지로 가고 있는데, 그 길의 끝에서 그가 어떤 선택을 할지는 알 수가 없다. 그러나 "모래밭 위 오징어처럼 말라 갈 수 있는 상처가 있다면"에서 가정법 문장이 불가능을 표현했던 것을 상기해 본다면, 어느 정도 짐작을 하기는 어렵지 않다. "감은사지 가는 길,/돌아갈 수 없는 외길이라면"이라는 문장을 같은 이치로 헤아려 보자. 감은사지로 가는 길은 돌아갈 수 없는 외길이 아니다! 화자는 상처와 아픔의 근원으로 돌아가 어떻게든 그것과 맞서는 선택을 하지 않을까.

영해를 그리워하며

목은 이색

외가댁은 적막한 바닷가 마을에 있는데
풍경은 예로부터 사람들 입에 올랐었네
동녘 바다 향하여 돋는 해를 보려 하니
갑자기 슬퍼 두 눈이 먼저 캄캄해지누나

황량한 마을서 하룻밤 단란히 묵으면서
젊은 시절 회포를 자세히 논해 보지 못하였는데
회상컨대 몇 년 사이 선배들은 다 떠났고
아침 까치 지저귀더니 어느덧 또 황혼일세

得寧海族中書

牧隱 李穡

外家寂寞海邊村
風景由來入物論
欲向東溟看出日
却嗟雙眼己先昏

團圝一夜宿荒村
少壯情懷未細論
回首幾年耆故盡
簷前鵲噪又黃昏

고려 말의 걸출한 정치가이자 학자, 대문호인 목은 이색 (1328~1396)은 포은 정몽주, 야은 길재와 더불어 '삼은(三隱)'으로 일컬어지는 인물이다. "백설이 잦아진 골에 구름이 머흐레라/반가운 매화는 어느 곳에 피었는고/석양에 홀로 서 있어 갈 곳 몰라 하노라"라는 시조로 잘 알려진 그는 시조보다는 한시를 훨씬 더 많이 썼다. 그 가운데 자신의 외가인 영덕군 영해면을 노래한 작품이 「영해를 그리워하며」이다. 본관이 한산(지금의 충남 서천)인 그는 외가인 영해면 괴시리 무가정에서 태어나 성장했고, 그곳 괴시리 전통마을에는 지금 목은기념관이 들어서 있다.

칠언절구 두 수로 이루어진 이 작품은 영해의 추억을 그리워하는 한편, 세월이 흐르면서 떠나 보낸 사람들과 시인 자신의 늙음을 안타까워하는 마음을 담았다. 시에 쓰인 대로 목은의 외가는 동해 바닷가 마을. 적막하지만 풍경이 아름다워 예로부터 뭇 사람들의 입길에 올랐다. 오랜만에 외가에 온 시인은 동해 일출을 보고자 눈을 돌리는데, 해를 보기도 전에 눈이 흐릿하고 캄캄해지는 느낌에 사로잡힌다. 그 까닭은 두 번째 수에 나온다.

성장기를 보낸 외가 마을에서 하룻밤 묵으면서 모처럼 지난 회포를 풀고자 했으나, 몇 년 사이에 선배들은 다 떠나고 없었던 것. 마지막 행 "아침 까치 지저귀더니 어느덧 또 황혼일세"는 이중적 의미를 지닌다. 글자 그대로 아침에 까치가 우는 듯하더니 어느새 시간이 흘러 저녁 무렵이 되었다는 뜻도 되겠지만, 시인 자신의 늙음을 가리키는 회한의 말로도 이해할 수 있는 것이다. 그러니까 삶의 황혼이다. 일출을 보려던 눈이 캄캄해진 까닭이 여기에 있다. 일출 대신 황혼이었던 것. 자신의 태를 묻은 곳에 와서 늙음과 죽음을 곱씹어야 하는 시인의 심사가 처연했겠다.

길을 수(繡)놓다

문인수

가을 불붙는 길을 끌다 또 이놈의 애가 쓰리다.

청송 옥계 그 깊은 풍악(楓嶽)의 길이 시뻘겋게 꿈틀거리다
마침내 영덕 앞바다에 제 머리를 밀어넣는다.
파도가 허이옇게 끓어오른다.

단 쇠 식는 소리가 난다.

저 먼 배 천천히 수평선 너머 잠기는데

긴, 질긴 고삐인 상처는 끝내 그를 풀지 않으리.

집에 돌아와 어둠 속에다 길을 수놓다.

여행을 싫어하는 사람은 많지 않겠지만, 시인들은 유난히 길 나서기를 좋아하고 길에서 숱한 시를 건져 올리고는 한다. 그중에서도 둘째가라면 서러워할 이가 아마도 문인수 시인일 것이다. 그의 시 중에는 여행지를 제목으로 삼은 것들이 많고, 「길이 길을 삼킨다」「묻힌 길」「길의 끝」처럼 '길'이라는 단어가 제목에 들어간 시만 해도 여럿이다. 「길을 수놓다」역시 그런 시 중 하나다.

문인수는 어느 대담에서 "살아 있는 한은 소위 이 길이라는 것을 벗어날 수 없을 것 같다"며 "이 길 안에, 길과 집이 각각 양 끝을 물고 있는 이 내용 안에 사람의 인생이 다 들어 있는 것 같다"고 말하기도 했다. 그의 말처럼 길이란 집을 전제로 하는 것이고, 여행이란 것도 결국은 집으로 돌아오는 것으로 끝을 맺게 마련이다. 그런데 그렇게 헤매 봐야 결국은 다시 집으로 돌아갈 길을 왜 나서는 것일까. 그의 답은 이러하다. "길을 나서면, 여행을 나서면 살면서 안 보이던 것이 보입니다. 여행지의 경관이 보이는 것이 아니라 여행지의 길 위에서 살던 곳에서의 삶의 내용들이 보인다는 거죠. 비애라든지, 한이라든지, 상처라든지, 고통이라든지 이런 것들이 바로 살던 곳을 떠나서 길 위에서 보인다는 거죠."

「길을 수놓다」역시 무언가 상처를 지닌 이가 길을 나섰다가 결국 집으로 돌아오는 구조를 지닌다. 경로인즉 경북 청송과 옥계를 거쳐 영덕 앞바다에 이르는 여정이다. 시절은 단풍이 한창인 가을. '풍악'이란 가을 금강산을 이르는 다른 이름으로, 단풍이 흐드러진 큰 산을 뜻한다. 그렇게 단풍 든 동네를 지나오느라 길은 "시뻘겋게" 물이 들었다. 아니, 달구어졌다. 그 열기를 지닌 길이 바다에 빠지자 "파도가 허이옇게 끓어오른다.//단 쇠 식는 소리가 난다."

길을 달군 열기는 그렇게 가라앉았겠지만, 여정 내내 화자의 애를 쓰리게 했던 무언가는 집에 돌아오고 나서도 가시지를 않는다. "긴, 질긴 고삐인 상처"를 어떻게 해야 떨쳐낼 수 있겠는가. "어둠 속에다 길을 수놓다"라는 마지막 구절은 바둑으로 치면 일종의 복기가 아닐까. 불붙듯 달구어졌던 길을 되짚어 보면서 제 안의 상처를 다스리는 일을 시인은 수를 놓는 행위에 견주었다.

유금사

김명수

누가 그리로
발길을 옮기나?
발아래 바다는 안개에 싸여
무엇인가 정녕 나에게 묻듯
거기 금 있고
거기 금이 없는 곳
칠보산 아래
낡은 절 한 채
바야흐로 자미(紫薇)나무
새잎이 돋아
골짜기 계곡물도
옛처럼 흘러
자미나무,
자미나무 금을 지니고
골짜기 계곡물도
금을 지니고
거기 어디서
금을 찾으리
금곡에서 시오리 유금까지는
소나무도 새순 돋아 생금빛인데
거기 금 있고

거기 금이 없는 곳
시오리
굽은 길도
만리처럼
먼 길

유금사는 경북 영덕군 병곡면 금곡리 칠보산 자락에 있는 절이다. '있을 유(有)'에 '쇠 금(金)' 자를 쓰는 절 이름이 독특한데, 이것은 절에 고유한 것이 아니라 이 일대를 통칭하는 이름이다. 유금 마을과 유금천, 유금치 고개가 멀지 않은 곳에 있고 인근에는 폐쇄된 금광도 남아 있다. 유금천에서 사금이 난다고 하여 '금이 나는 골짜기'라는 뜻으로 금곡(金谷)이라 했다는 얘기도 있다.

「유금사」의 시인 역시 이 절의 독특한 이름에 끌려 절을 찾은 듯하다. 이름이 그러하므로 유금사와 그 일대의 자미나무와 소나무, 계곡물 등도 모두 금을 지닌 것만 같다. "자미나무 금을 지니고", "골짜기 계곡물도/금을 지니고", "소나무도 새순 돋아 생금빛"이라는 구절들을 보라. 참고로, 자미(紫薇)나무란 목백일홍이라고도 일컫는 배롱나무를 가리킨다. 매끄러운 수피를 손으로 문지르면 간지럼을 타는 것처럼 가지 끝이 까닥인다고 해서 간지럼나무라는 별칭도 지녔다. 여름 석 달 남짓 진분홍빛 꽃을 줄곧 피우고 있다고 해서 '목(木)백일홍'이라는 이름을 얻었다. 오래된 절집에 가면 대웅전 앞 양옆으로 잘생긴 배롱나무 한 그루씩이 서 있는 모습을 볼 수 있다.

이 시에 특별한 주제가 있다고 보기는 어렵다. "발아래 바다는 안개에 싸여"에서 보듯 절에서 동해 바다를 시원하게 내려다볼 수 있다는 점이 이 절의 매력으로 꼽히기도 한다. 그런데 안개에 싸인 바다는 화자에게 무언가를 묻는 듯하다. 무엇을 묻는 것일까. 금곡에서 유금까지는 대략 시오리 정도 되는 모양인데, 그 짧은 길이 "만리처럼 먼" 것은 또 무엇 때문일까. "거기 금 있고/거기 금이 없"기 때문이 아닐까. 말장난 같은 이 구절이 말하자면 이 시의 주제일 듯싶다. "거기 어디서/금을 찾으리"라는 대목도 있거니와, 이름에는 남아 있지만 현실에서는 볼 수 없는 금이 시인의 걸음을 이 절로 이끌지 않았겠는가.

영덕에서 개와 싸우다

이상국

해남까지 갔다가
너무 멀리 온 것 같아 돌아선 길
진주 포항 지나 영덕에 오니 해가 진다
생은 길고 겨울 해는 짧으니
오늘은 여기서 묵어 가자

누군가 버스 뒤켠에서
엉덩이를 빼고 오줌을 누고 있는 터미널
어둑어둑한 마당을 나오는데
내가 절 보는 마음을 어떻게 알았던지
한쪽 다리를 저는 개 한 마리
연신 힐끔거리며 어둠속으로 들어간다

저것도 몸 때문에 마음을 버렸구나
삶아 썰면 열댓 근은 되겠다

나도 여기까지 왔다

모든 생은 얼마쯤 불구이고
불구는 불구를 피하고 싶어하므로
겨울 남해를 돌며 어떤 날은 처음 가본 역에서

찐 달걀을 먹으며 낯선 사람들을 바라보기도 하다가
강진이나 벌교 장마당에서 낮술에 흔들리며
어물쩍 나를 버려두고 왔으나

어둠이 발목을 잡는 영덕
불과 오백리 북쪽에 집을 두고
저 불학무식한 것에게 마음을 들키고 나서
허름한 목욕탕 어머니 자궁 같은 욕조에
다시 백열 근짜리 생을 눕힌다

이 시에서 영덕이 특별한 의미를 지니지는 않는다. 굳이 따지자면, 화자가 떠돌았다는 해남·강진·벌교와, 영덕으로부터 오백리 북쪽인 화자의 집(화자를 시인 자신으로 본다면 그의 거주지인 속초)의 중간쯤에 위치한 곳이라는 정도? 어쨌든 그가 길을 떠돌다가 집으로 가는 도중에 있다는 사실이 중요하다.

그렇다면 그는 낯선 동네 영덕에서 왜 처음 보는 개와 싸우게 된 것일까. 그리고 싸웠다면 어떻게 싸웠다는 것일까. 그가 싸웠다는 싸움의 내용을 자세히 들여다볼 필요가 있다. 화자는 영덕 터미널의 버스 뒤에서 누군가가 오줌을 누고 있는 걸 목격한다. 그 누군가는 사람이 아닌 개, 그것도 "한쪽 다리를 저는" 불구였다. 화자의 시선을 느낀 개는 "연신 힐끔거리며 어둠속으로 들어"가는데, 그 모습을 보고 화자는 "저것도 몸 때문에 마음을 버렸구나"라고 한다. 다리를 저는 몸의 상태 때문에 마음이 뒤틀렸다는 뜻이겠다.

이 구절에서 조사 '도'는 매우 중요하다. 몸 때문에 마음을 버린 존재가 개만은 아니라는 뜻이기 때문이다. 이어지는 "나도 여기까지 왔다"에 조사 '도'가 다시 나오고, 다시 그에 이어지는 구절에서 더함을 뜻하는 조사 '도'의 의미가 좀 더 명확해진다. "모든 생은 얼마쯤 불구이고/불구는 불구를 피하고 싶어하므로". 영덕 버스 터미널에서 마주친 다리 저는 개와 마찬가지로 화자 역시 어느 정도는 불구라는 것, 그것 때문에 마음을 버린 존재라는 것을 여기서 확인할 수 있다. 남도를 떠도는 동안 화자는 "어물쩍 나를 버려두고 왔"다고 생각하지만, 다리 저는 개의 힐끔거리는 눈빛에 그런 자신을 들켜버린 것이다. 추정되는 개의 근수 열댓 근과 목욕탕 욕조에 누인 제 몸 "백열 근"은 다리 저는 개와 떠도는 자신이 '불구의 형제'라는 사실을 다시금 강조하는 표현이라 하겠다.

봄밤

차영호

복사꽃 틈새로 손 디밀어
오톨도톨 돋는 별을 매만지다 불쑥
아름답다의 '아름'이
별을 앓다의 '앓음'에서 생겨났을 거라는 생각을 했어

낯선 도로변에서 무단 숙박한
차 보닛이며 지붕에 콩콩
도장 찍힌
앙알거림

처음 만나 밤 지샌 별
먼동보다 먼저 눈 깜짝거려 배웅하며
산모롱이 서성서성 서성이는
이모티콘,
그리운 문맹(文盲)이여

영덕 달산의 봄밤, 생각만 해도
복사꽃배 고동 소리 봄밤봄밤 들리고
분홍 꽃분홍 서치라이트가 파―
팟

바다는 지레 눈 감고
조각조각 쪼개지더군

꽃을 싫어하는 이도 있을까마는 차영호 시인은 꽃을 유난히 사랑하는 듯하다. 그는 「봄맞이꽃」「노루귀」「꽃마실」처럼 꽃을 노래한 시를 여럿 썼는데, 그중에서도 그가 특히 좋아하는 꽃이 복사꽃이 아닐까 싶다. 「복사꽃 승마」라는 시가 있는가 하면, 「복사꽃 그늘 아래」라는 술맛 나는 시도 있으니 그 뒷부분은 이러하다. "행복한/복사꽃 난질하는 하루가/눈물인 줄도 모르고 우리 둘이서 나누어 마신/독주//불이야/불". 흐드러진 복사꽃 그늘 아래에서 술잔을 기울여 본 이라면 이 시에 격하게 공감할 것이다. 고혹 그 자체라 할 복사꽃은 그 아래선 사람의 마음을 땅 위로 둥둥 띄우고, 그 상태에서 마시는 술은 흡사 마약처럼 영혼 깊숙이 스며든다. 복사꽃은 위험한 꽃이다!

「봄밤」역시 복사꽃을 노래한다. 복사꽃으로 꽤 유명한 고장은 영덕인데, 이 시에서는 영덕 중에서도 달산면 옥계에 핀 복사꽃을 노래한다. 아름답다를 처음 '앓음답다'로 표기한 이는 작고한 소설가 박상륭으로 알고 있다. 아름다움에 내재한 통증을 직관적으로 포착한, 박상륭다운 표기법이라 하겠다. 복사꽃의 아름다움은 그야말로 통증을 느끼게 할 정도다. 게다가 봄밤의 복사꽃이라니! 누가 그 치명적인 유혹을 물리칠 수 있을까. 이 시의 화자는 복사꽃 만개한 계곡을 한 척의 배에 비유한다. 그 배의 고동 소리가 "봄밤봄밤"으로 들린다니, 얼마나 절묘한 언어감각인가. 말하자면 차영호 시인은 뱃고동 소리로서 '봄밤'이라는 의성어를 '발명'한 셈이다. 이 시를 접한 이라면 누구든, 앞으로 '봄밤'이라는 말을 마주쳤을 때 거기서 난데없는 뱃고동 소리가 들리는 사태를 피하기 어려울 것이다.

오십천의 달

김만수

달이 밝으면 안 된다고 한다
반도에서 이름난 영덕대게
그 게살이 먼바다로
다 빠져나가버린다고 한다
오십천에 달 밝으면 영덕 사람들은
복숭아 봉지를 만들거나
위뜸 아래뜸 논물 대놓고
술추렴으로 달 지기를 기다릴 뿐이라 한다

고래불 축산 강구 오십천
뱃놈이 희망 많으면
뱃전에 물이 넘는다고
눈물 아른아른
오십천 나루마다 달 밝으면
이 풍진 세상 다 가버린다 한다
어둠 속 강을 건너
미륵봉 넘어간 여식들
돌아오지 못한다고 한다
오십천에 달 밝으면
빈 껍데기
빈 껍데기만 가득가득

판장에 기어올라
쓸쓸한 모습들만 달빛에 타고
회귀의 연어 떼
돌아오지 못한다고 한다
이 풍진 세상
다 가버린다고 한다.

영덕은 대게로 유명한 고장이다. 비록 영덕보다 이웃 울진 에서 잡히는 대게의 양이 더 많다고도 하고 그래서 특히 울진 에서는 '울진 대게'라는 명칭을 쓰지만, 그래도 아직은 '영덕 대게'라는 이름이 더 익숙한 편이다.

김만수의 이 시는 그 대게가 보름이면 살이 빠진다는 속설 을 소재로 삼았다. 보름에는 대게의 속살이 많이 빠지고 반대 로 그믐 무렵의 대게가 가장 실속이 있다는 설이 얼마나 신빙 성이 있는지는 모르겠다. 그러나 적어도 이 시에서는 그것이 정설로서 전제가 되어 있다. 그래서 "오십천에 달 밝으면 영덕 사람들은/복숭아 봉지를 만들거나/위뜸 아래뜸 논물 대놓고/ 술추렴으로 달 지기를 기다릴 뿐이라 한다". 대게 잡이에 나가 지 않고 다른 일을 한다는 뜻이다. 그러니 영덕 사람들에게 보 름은 반가운 때가 아니다.

그믐달의 운치와 반달의 희망이 귀하지 않은 것은 아니로 되, 그래도 달 하면 역시 보름달 아니겠는가. 보름달을 나쁜 이미지와 연관 짓기란 좀처럼 쉬운 노릇이 아니다. 그런데 김 만수의 이 시를 지탱하는 것이 바로 보름달의 그런 반어적 속 성이다. "오십천에 달 밝으면/빈 껍데기/빈 껍데기만 가득가 득/판장에 기어올라"라는 구절을 보라. 보름달이란 가득 찬 달인데, 그 무렵의 대게는 그와는 반대로 텅 비어 버리는(물론 과장이겠지만) 기막힌 역설이라니.

그래서다. "오십천 나루마다 달 밝으면/이 풍진 세상 다 가 버린다"고 말하는 것은. 밝은 달 아래 늦도록 노니느라 세월 가는 줄 모른다는 뜻이 아니다. 살아야 할 세상을 제대로 살아 보지 못한 채 하릴없이 시간을 보내게 된다는 뜻이다. 그러니 영덕 오십천에는 달이 밝으면 안 될 일이다. 반도의 다른 땅에 는 보름달이 휘영청 밝더라도 대게의 땅 영덕만은 내내 어두

워야겠다. "미륵봉 넘어간 여식들/돌아오"고 "회귀의 연어 떼/돌아오"기 위해서도 영덕 오십천에만큼은 달이 밝으면 안 될 일이다.

강구 가는 길

손진은

잘못이었을까 펼쳐질 풍경 생각에
다리 아픈 줄도 모른 채 몸 실은 것이
불안한 이야기 차내에 꼼실거리기 시작할 때쯤
화포진에서 또 한 마장쯤 지나서도 우릴 막아서는
핵 폐기물 처리장 결사반대 머리띠 두른
새로운 연대 포정처럼 모닥불 사이로 일렁거리는 얼굴들
굳어진 혀의 침묵 좀스럽단 듯
죄 없는 도론 잡고 야단이냐는
결국은 보상이나 더 받자는 거 아니냔 이야기로
졸지에 발 묶인 사람들 무연한 듯 지껄이고 있었지만
문을 닫고 열며 버스는 사람들
펼쳐질 연대(年代) 강구(江口) 가는 문제
나눔 몫으로 한 차 타고 가는 거 깨우려는 것일까
초조감은 주사액처럼 마음결 서서히 물들여
몇몇은 차창 풍경에 눈길 던지거나 자는 척하고
화가 난 듯 어두운 쪽 향해 사내들 오줌 갈기기도 했지만
최루탄 터지고 뿔뿔이 흩어지는 아낙들 보며
떠나서 잘됐다고 중얼거리는 그들은
누구인가 몇몇 어깰 후닥닥 채가는 푸른 제복들은?
양심처럼 무슨 회한처럼 우릴 놔주지 않는
힘이 강구로 떠다미는지

버스는 화물이 된 사람들 상처를 실어 날랐지만
뿌연 연기 속 밤벚꽃 흰 소복 사이로
잔솔가지 가는 숨결 수런거리고
구름은 훠어이 훠어이 길의 적막 끌고 간다
오두마니 선 민박집 불빛마저 화살 되어 마음자락 쏘아 대
더니
푸른 물의 은유 거부하며
강(江)은 끝내 문(口) 열어 주지 않고 떠다미는 거
아까 도로의 아낙들 쨍한 눈빛으로 이어질 앞날
새로운 연대 문장(文章)처럼 자꾸 우릴 싸고도는 거

이 시의 화자는 "풍경"을 기대하며 버스에 올라 강구로 가는 중이다. 그러나 가는 길이 순탄하지는 않다. "핵 폐기물 결사반대 머리띠 두른" 사람들이 길을 막아서고, 버스 안은 "졸지에 발 묶인 사람들 무연한 듯 지껄이"는 소리로 어수선하다. 시위에 나선 이들은 절박하지만, 그런 그들을 지켜보는 이들은 어디까지나 냉담하고, 행로를 방해하는 이들에게 심지어 적대적이기까지 하다.

화자는 그런 양쪽 사이에서 균형을 잡으려고 하지만, 아무래도 절박한 이들 쪽으로 마음이 기운다. "최루탄 터지고 뿔뿔이 흩어지는 아낙들 보며/떠나서 잘됐다고 중얼거리는 그들은/누구인가"라는 질문에는 아낙들이 겪는 고초에 대한 공감과 연민이 깃든다. 양심과 회한이 작동해서 그가 강구로 가는 길을 물리적으로나 심리적으로나 두루 힘들게 한다. 그런데 그런 양심과 회한이 동시에 강구로 가는 길을 추동하는 힘으로 작용한다는 역설도 가능해진다. "양심처럼 무슨 회한처럼 우릴 놔주지 않는/힘이 강구로 떠다미는지"라는 대목은 그 양심과 회한의 무게로 강구의 현실과 대면해야 한다는 일종의 의무감을 알려준다.

"밤벚꽃 흰 소복", "잔솔가지 가는 숨결" 같은 자연물은 물론 "민박집 불빛마저" 화자의 마음에 화살을 쏘아댄다. 여기에 버스 안에서 목격했던 "도로의 아낙들 쨍한 눈빛"이 화자를 계속 따라온다. 양심의 가책을 강요하는 것이다.

화자는 결국 강구에 가지 못한다. "강(江)은 끝내 문(口)을 열어 주지 않고 떠다미는" 것이다. 양심과 회한이 그를 강구로 떠다밀었지만, 막상 강구에 가니 강구는 문을 열어 주지 않고 다시 그의 등을 떠미는 것. 이러지도 저러지도 못하는 화자의 곤란한 처지는 "풍경"과 핵 폐기물 처리장 사이에 끼여 곤혹스러운 딜레마를 상징하는 셈이다.

복사꽃, 천지간의 우수리

오태환

삐뚜로만 피었다가 지는 그리움을 만난 적 있으신가 백금(白金)의 물소리와 청금(靑金)의 새소리가 맡기고 간 자리 연분홍의 떼가, 저렇게 세살장지 미닫이문에 여닫이창까지 옻칠경대 빼닫이서랍까지 죄다 열어젖혀버린 그리움을 만난 적 있으신가 맨살로 삐뚜로만 삐뚜로만 저질러 놓고, 다시 소름같이 돋는 참 난처한 그리움을 만난 적 있으신가 발바닥에서 겨드랑이까지 해끗한 달빛도 사늘한 그늘도 없는데, 맨몸으로 숭어리째 저질러 놓고 호미걸이로 한사코 벼랑처럼 뛰어내리는 애먼 그리움, 천지간(天地間)의 우수리, 금니(金泥)도 다 삭은 연분홍 연분홍 떼의 이 시를 제대로 음미하자면 국어사전을 부지런히 뒤적여야 한다. 시 속에는 평소 잘 쓰지 않는 순우리말과 한자 어휘, 사투리가 난무하기 때문이다. 시인과 소설가가 하는 일 중에는 우리말의 가능성을 최대한으로 확장하는 것도 들어 있다. 잊힌 낱말을 되살리고 새로운 표현법을 고안해 내는 것은 글 쓰는 이들의 제일가는 의무에 속한다. 김원우 같은 소설가는 '독자로 하여금 사전을 찾아보게 하지 않는 글은 좋은 글이 아니다'라고까지 말한다. 누구나 아는 평범하고 뻔한 어휘로만 시종해서는 좋은 글이 되지 못한다는 뜻이겠다. 하물며 모국어의 최전선을 지켜야 할 시에서야 더 말할 나위가 있겠는가.

복사꽃을 노래한 이 시에서 우선 두드러지는 것은 한자 어휘들과 고풍스러운 물건 이름들이다. 세살장지 미닫이문, 여닫이창, 옻칠경대, 빼닫이서랍 같은 실내 건조물과 가구 이름들은 전통 가옥 중에서도 여인네들의 생활공간을 연상시킨다. 복사꽃의 여성적 속성을 부각시키기 위함이다. 그런가 하면 "백금의 물소리와 청금의 새소리", "금니" 같은 낱말들은 복사꽃의 기품과 가치를 상징한다. 요컨대 복사꽃은 기품 있는 여인네를 닮은 것이다.

그 여인네의 기품에도 불구하고 어찌할 수 없는 것이 그리움이다. 사실 여인네는 그리움에 들려 기품을 포기하는 것도 마다하지 않을 기세다. 저 우아하고 품격 있는 세간들을 "죄다 열어젖혀버린 그리움"이라니, 그 얼마나 딱하고 민망한 노릇인가. 저도 제 마음을 어찌하지 못하는 그리움의 위력은 주로 순우리말 어휘들로 표현된다. "삐뚜루만 피었다가 지는", "다시 소름같이 돋는 참 난처한", "맨몸으로 숭어리째 저질러 놓고 호미걸이로 한사코 벼랑으로 뛰어내리는 애먼"이 두루 그리움을 형용하는 표현들이다. 화려하고 매혹적으로만 보이는 복사꽃에서 이런 감추어진 속성과 충동을 보아 내는 시인의 눈썰미도 눈썰미려니와, 가장 내밀하고 강력한 감정을 드러내기에는 역시 우리네의 숨결과도 같은 순우리말 어휘들이 제격이라는 반증이 아니겠는가.

구계항*

빈 가슴 구멍 난 가슴 별로 꿰매려거든
누님요, 밤바다 보름 달빛이 기막힌
구계항 한번 놀로 오이소
한마음 탁 접고 눈 한번 질끈 감으면
이 세상 잘난 놈 어디 이꼬
못난 놈 어디 있을라꼬
누님요, 세상만사 다 이자뿌고
아침 햇덩이 한번 품고 싶거든
저 고래 떼 파도 위 타고 넘는
동해로 마카 오이소
미주구리 초고추장 듬뿍 찍어
소주 한 잔 허허 호호
소주 두 잔 우하하 호호홋
수평선 끌어안고 쭉쭉 들이켜다 보면,
안 풀리는 거 어디 인능교
누님요, 천년만년 사능교
이 한밤 불콰하니 백사장 취해 누워
밀물도 좋고 썰물도 좋은 항구가 되입시더
눈 감으면 저승 눈 뜨면 이승 아잉교
묻지 마소, 묻지 마소
하늘 길 어디로 가는지 묻지 마이소

빈 가슴 구멍 난 가슴 밤바다 별로 꿰매려거든,
시끌벅적 갈매기 울음 요란한
구계항 밤 등대 보러 마카마카 오이소, 누님요!

* 경북 영덕군 남정면 구계항은 나의 고향이다.

시의 화자는 타지의 '누님'을 구계항으로 초대하는 중이다. 그 누님은 무슨 일인가로 "빈 가슴 구멍 난 가슴"을 안고 시름에 잠겨 있다. 상한 가슴, 상심이다. 구계항에 오면 그렇게 구멍 난 가슴을 "별로 꿰매"는 게 가능하다는 것이다. 솔깃한 제안이 아닐 수 없다.

화자의 제안에 신뢰성을 부여하는 것이 그의 말투다. 사투리로 뒤발한 이 경상도 사내의 거침없는 언어는 투박하고 단순한 만큼 오히려 진실되게 들린다. 맞춤법에 어긋나고 표기법을 무시한 시어들이 어쩐지 그의 사람됨과 그의 주장을 믿을 만하게 만드는 것 같다.

그의 주장인즉, 자잘한 근심걱정과 대차 없는 분별을 떨어버리고 호탕하고 대범하게 삶에 임하자는 것이다. "이 세상 잘난 놈 어디 이꼬/못난 놈 어디 있을라꼬". 하늘의 눈으로 보면 잘난 놈이든 못난 놈이든 모두가 귀한 존재이며 동시에 하찮은 미물일 테다. 천년만년 사는 게 아닌 이상, 부질없는 애끓음으로 아까운 시간을 허비할 필요가 어디 있겠는가. "소주 한 잔 허허 호호/소주 두 잔 우하하 호호훗" 하다 보면 어느덧 걱정거리는 걱정할 필요가 전혀 없었던 것으로 판명나지 않겠는가. "눈 감으면 저승 눈 뜨면 이승"인데, "하늘 길 어디로 가는지 묻지" 말라는 당부는 어디까지나 현세의 즐거움을 앞세우는 '카르페디엠'의 세계관을 보여준다. "밤바다 보름 달빛이 기막힌/구계항"은 그런 곳이다. "세상만사 다 이자뿌"리고 술잔을 기울이다 보면 어느새 덩실한 "아침 햇덩이" 하나를 품게 되는 곳. 그러니, "마카마카 오이소, 누님요!"

구계항

이종암

날마다 동쪽 바다 태양은 붉게 떠오르지만
삶은 그렇게 붉지도, 떠오르지도 못한
우리들의 구계항
사람 없는 간이역같이 텅 빈 포구에
유월 장맛비는 끝도 없이 내립니다
낡은 2층 수협건물 시멘트벽에
누군가 어지럽게 그려 놓은 낙서도 젖어 갑니다
마을 앞 늙은 팽나무 크기의 해일이
이따금 으르릉대며 낮은 마을을 파고듭니다
며칠 전, 마른 날
전봇대 위에 걸려 있던 흰 낮달도
긴 한숨을 토하며 젖어 갑니다

유월 장맛비와 함께 모두가
낮은 항구로 흘러내립니다

김동원의 시 「구계항」과 같은 제목으로 같은 장소를 다룬 작품이다. 그러나 두 시에서 그려지는 구계항은 같은 장소라 하기 힘들 정도로 전혀 다른 모습을 보인다. 김동원의 구계항이 호탕하고 씩씩하다면, 이종암의 구계항은 그늘지고 우중충하다. 그렇다면 어느 한쪽이 구계항의 본모습을 왜곡한 것일까?

그렇지는 않다. 사람이 그러하듯 공간이나 장소 역시 하나의 얼굴만 가지고 있는 것은 아니다. 때에 따라서, 보는 처지와 각도에 따라서 동일한 대상이라도 천차만별로 달리 보일 수가 있는 것이다. 김동원은 그 나름의 방식으로, 이종암은 또 이종암 나름의 눈으로 구계항을 보고 그것을 자기 식으로 노래했다고 이해하는 것이 바람직하겠다.

이종암의 시에서는 상승과 하강의 이미지가 맞서며 구계항의 풍경을 그려 보인다. "동쪽 바다 태양"과 "마을 앞 늙은 팽나무 크기의 해일"이 상승의 이미지를 이끄는 반면, 구계항의 나머지 세목들은 그와 반대되는 하강과 침잠의 이미지로 시종 가라앉는다. "끝도 없이" 내리는 "유월 장맛비", 그 비에 젖어 가는 건물 벽의 낙서, 심지어는 "며칠 전, 마른 날/전봇대 위에 걸려 있던 흰 낮달도/긴 한숨을 토하며 젖어" 갈 정도다. 태양처럼 "붉지도, 떠오르지도 못한" 곳, "유월 장맛비와 함께 모두가/낮은 항구로 흘러내"리는 곳이 이종암 시인의 눈에 비친 구계항이다. 전체적으로 보면 상승보다는 단연 하강의 이미지가 지배하는 것이다. 그것이 장맛비 때문인지는 모르겠지만, 이종암 시인의 구계항은 확실히 김동원 시인의 구계항과는 다른 면모로써 동일한 공간의 복합적인 얼굴을 보게 하는 것만은 틀림이 없다.

울릉

울릉도

동쪽 먼 심해선(深海線) 밖의
한 점 섬 울릉도로 갈거나

금수(錦繡)로 굽이쳐 내리던
장백(長白)의 멧부리 방울 뛰어
애달픈 국토의 막내
너의 호젓한 모습이 되었으리니

창망(滄茫)한 물굽이에
금시에 지워질 듯 근심스레 떠 있기에
동해 쪽빛 바람에
항시 사념(思念)의 머리 곱게 씻기우고

지나 새나 뭍으로 뭍으로만
향하는 그리운 마음에
쉴 새 없이 출렁이는 풍랑 따라
밀리어 오는 듯도 하건만

멀리 조국의 사직(社稷)의
어지러운 소식이 들려올 적마다
어린 마음의 미칠 수 없음이

아아 이렇게도 간절함이여

동쪽 먼 심해선(深海線) 밖의
한 점 섬 울릉도로 갈거나

청마가 실제로 울릉도에 가본 적이 있는지는 모르겠다. 이 시는 굳이 울릉도를 두 발로 밟지 않더라도 쓸 수 있는 시로 보인다(그렇다고 해서 시가 나쁘다는 뜻은 아니다). 울릉도를 바라보는 시인의 눈은 말하자면 인공위성 정도의 높이에서 내려다보는 시선이라 하겠다. 한반도의 지도를 놓고 볼 때, 울릉도는 동쪽 끄트머리에 간신히 매달려 있는 형국이다. 금수(금수강산), 장백(백두산)과 같은 낱말들은 울릉도가 아름답고 웅장한 한반도의 엄연한 일부임을 강조한다. "국토의 막내"라는 구절은 울릉도의 크기와 한반도로부터의 거리를 가족 관계에 비유한 말이다.

"애달픈", "금시에 지워질 듯 근심스레"처럼 울릉도를 형용하는 표현들은 울릉도가 놓인 불안하고 안쓰러운 처지를 알려 준다. 국토의 일부임에는 분명하지만 그 거리와 처한 환경 때문에 보는 이의 걱정과 염려를 자아내는 것이 울릉도의 현실이다. "지나 새나 뭍으로 뭍으로만/향하는 그리운 마음"은 그런 울릉도 자신의 심정을 의인화해서 드러낸다.

그런데 이처럼 연약하고 안쓰러운 울릉도가 오히려 조국의 안위를 걱정하는 역설적인 상황에 이 시의 묘미가 있다. 조국에서 들려오는 어지러운 소식을 접한 울릉도가 "어린 마음의 미칠 수 없음이/아아 이렇게도 간절함이여"라고 탄식할 때, 조국의 독자들은 부끄러움과 미안함을 느끼지 않을 수 없다. "쉴 새 없이 출렁이는 풍랑 따라/밀리어 오는 듯도 하건만"은 조국을 걱정하는 마음에 조금이라도 조국 가까이로 오고자 하는 울릉도의 간절한 마음을 표현한다. 그러나 그것은 어디까지나 마음만일 뿐, 실제로 울릉도가 조국을 향해 올 수는 없는 법. 그렇다면 이곳에 있는 우리가 그곳으로 갈 수밖에. 수미쌍관으로 배치된 "동쪽 먼 심해선 밖의/한 점 섬 울릉도로 갈거나"는 그러니

까 부끄러움과 미안함을 털어버리고 국토의 막내 울릉도와 우
국충정을 나누고자 하는 의지를 나타낸 것이라 하겠다.

울릉도 얼굴들

웃음소리
잔잔히 들려온다.
풍란(風蘭) 향내 묻어온다.

너희들의 죄 없는
웃음소린
흐드러진 꽃이라 일러두자.

잔잔한 웃음소리 속에
울릉도 바닷소리 겹쳐오고

아아
우리들의 천국도
바로 저 잔잔한
웃음소리 속에 있다.

신석정은 「그 먼 나라를 알으십니까」 「아직 촛불을 켤 때가 아닙니다」 같은 작품으로 잘 알려진 시인이다. 그의 시세계는 흔히 '목가'와 '전원' 같은 용어들로 설명되곤 하는데, 그 말들이 주는 선입견과는 달리 그는 역사와 현실에 대한 의식이 투철했던 참여적 시인이기도 했다. 앞에서 언급한 두 작품 역시 목가적 분위기를 내세웠지만, 일제강점기라는 억압적 현실에서 벗어난 유토피아를 향한 갈망을 노래한 작품으로도 읽어야 한다.

그의 말년작인 「울릉도 얼굴들」은 소박한 소품에 해당한다. '어머니'를 부르며 갈 수 없는 이상사회를 향한 열망을 장황하고 격정적으로 피력했던 초기 대표작들과 달리, 단아하고 정제된 형식에 역시 이상사회의 꿈을 담았다. 시 속에는 '천국'이라는 말도 나오거니와, 이 시에서 울릉도는 일종의 천국으로 그려진다. 그것은 아마도 울릉도가 한반도 본토에서 멀리 떨어져 있어서 신비감을 준다는 지리적 입지가 작용한 때문일 것이다(신석정이 앞선 시에서 자신이 생각하는 이상사회를 '그 먼 나라'라고 하여 거리감을 강조한 표현으로 지칭한 것을 생각해 보라).

천국으로서 울릉도를 표상하는 이미지들이 '웃음소리'와 '풍란 향내'다. 울릉도는 걱정하거나 다툴 필요가 없어 늘 웃음꽃이 피어나는 곳, 그 웃음만큼 달콤하고 아름다운 풍란 향이 가득한 곳이다. 두 번째 연에서 죄 없는 웃음소리를 꽃에 비유한 데서 보다시피 그 둘은 사실상 동일한 심상 이미지라 할 수 있다. 시인이 보기에 "우리들의 천국도/바로 저 잔잔한/웃음소리 속에 있"는데, 그러질 못한다는 게 천국이 아닌 이곳의 문제다.

(가수 이장희는 울릉도에 매료되어 그곳에 집과 농장을 마련하고 '울릉천국'이라 이름 지었다. 신석정 선생이 그 모습을 보았다면 흐뭇해 하셨겠다.)

독도

오세영

비바람 몰아치고 태풍이 불 때마다
안부가 걱정되었다.
아등바등 사는 고향, 비좁은 산천이 싫어서
일찍이 뛰쳐나가 대처에
뿌리를 내리는 삶.

내 기특한 혈육아,
어떤 시인은 너를 일러 국토의 막내라 하였거니
황망한 바다
먼 수평선 너머 풍랑에 씻기우는
한낱 외로운 바위섬처럼 너
오늘도 세파에 시달리고 있구나.

내 아직 살기에 여력이 없고
네 또한 지금까지 항상 그래왔듯
그 누구의 도움도 바라지 않았거니
내 어찌 너를 한시라도
잊을 수 있겠느냐.

눈보라 휘날리고 파도가 거칠어질 때마다
네 안부가 걱정되었다.

그러나 우리는 믿는다.

네 사는 그곳을
어떤 이는 태양이 새날을 빚고
어떤 이는 또 무지개가 새 빛을 품는다 하거니
태양과 무지개의 나라에서 어찌
눈보라 비바람이 잦아들지 않으리.
동해 푸른 바다 멀리 홀로 떠 국토를 지키는 섬,
내 사랑하는 막내아우야.

오세영의 이 시는 유치환 시 「울릉도」의 지배적인 영향 아래 있다. "어떤 시인은 너를 일러 국토의 막내라 하였거니"라는 구절은 당연히 유치환의 시 「울릉도」 중 "애달픈 국토의 막내"를 가리킨 것이다. 비록 유치환 시의 울릉도가 여기서는 독도로 바뀌었지만. 이뿐만이 아니다. "먼 수평선 너머 풍랑에 씻기우는"에는 유치환 「울릉도」 중 "동쪽 먼 심해선 밖"과 "쉴 새 없이 출렁이는 풍랑 따라", 그리고 "항시 사념의 머리 곱게 씻기우고"의 그림자가 보인다. "황망한 바다" 역시 「울릉도」 중 "창망한 물굽이"를 연상시킨다. 더 날카로운 눈이라면 "눈보라 휘날리고 파도가 거칠어질 때마다"에서 "어지러운 소식이 들려올 적마다"의 변형을 볼 수도 있으리라. 유치환 시 「울릉도」가 워낙 잘 알려진 작품이니 오세영의 이 시를 표절이라 하기는 어렵겠다. 그보다는 선배 시인의 작품에 대한 오마주로 보는 것이 온당할 것이다.

오세영 시 「독도」는 '막내'라는 비유를 더 발전시킨다. "아등바등 사는 고향, 비좁은 산천이 싫어서/일찍이 뛰쳐나가 대처에/뿌리를 내리는 삶//내 기특한 혈육"이라는 대목은 독도의 상황을 형편 어려운 집안의 막내 처지에 빗대어 표현한다. "내 아직 살기에 여력이 없고/너 또한 지금까지 항상 그래왔듯/그 누구의 도움도 바라지 않았거니" 역시 마찬가지다. "한낱 외로운 바위처럼 너/오늘도 세파에 시달리고 있구나"에 오면 오히려 비유의 원관념과 보조관념이 뒤바뀐 듯한 인상조차 준다.

비록 지금은 형편이 여의치 않아 충분히 챙기지 못하지만 "사랑하는 막내아우" 독도를 결코 잊지 않겠다는 것이 이 시의 주제다. 독도는 "동해 푸른 바다 멀리 홀로 떠 국토를 지키는 섬,/내 사랑하는 막내아우"이기 때문이다.

독도의 푸른 밤

이동순

가슴속에
용광로 품고 있는 섬
흙보다 바위만
잔뜩 안고 억만 년 웅크린 섬

그 메마르고 척박한
돌섬에도 봄이면 푸른 것들 돋아나나니
장하도다 곰솔이여
섬장대 보리밥나무 넓은잎사철나무
우뚝한 섬괴불나무여

네 그늘 밑으로 얼굴 내미는
개밀 해국 섬시호
큰두루미꽃 도깨비쇠고비 왕김의털
경사 가파른 곳에 돋아난
파리한 섬기린초 왕호장근이여

저쪽 언덕으로 넘어가면
마디풀 흰명아주 참소리쟁이
민들레 까마중 방가지똥 닭의장풀
이런 낯익은 풀도 심심찮게 보이나니

너희 모두 바람 따라
물결 따라 새 깃털에 묻어
이따금 오르내리는 인간들 옷깃에 묻어
뜨내기로 왔다가
모두들 함께 어울려 자라나니

귀화다 자생이다 구별 말고
긴 세월 서로 미워하거나 다투지도 말고
이웃으로 오손도손 정 붙여 가며
푸르게 우거지도록
가꾸어 가거라

이 시는 이동순의 시집 『독도의 푸른 밤』(2020)의 표제작이다. 이 시집은 전체가 온전히 독도만을 노래한 테마 시집으로, 독도의 식물과 동물, 지형과 사람들, 역사 등을 다룬 시 62편이 모두 4부로 나뉘어 실려 있다. 안도현 시인이 추천사에 쓴 말이 이 시집을 적절히 요약하고 있다. "이 시집에 면면히 흐르는 것은 독도란 섬의 존재성과 거기서 살아가는 생명의 이야기인 동시에 빛나는 역사의식이다."

「독도의 푸른 밤」은 제1부 식물편을 마무리하는 작품이다. 이 시에서 시인은 앞서 각각 시 한 편씩으로 노래했던 독도의 식물들을 한꺼번에 등장시킨다. 곰솔, 섬괴불나무, 해국, 섬시호, 섬기린초, 왕호장근, 방가지똥 등이 그것들이다. 이런 식물들 말고도 보리밥나무, 넓은잎사철나무, 개밀, 큰두루미꽃, 도깨비쇠고비, 왕김의털, 마디풀, 까마중, 닭의장풀 등이 함께 등장하는데, 그리 크지 않고 척박해 보이는 섬 안에서 이토록 다양한 식물들을 찾아내고 하나하나씩 이름을 확인했다는 사실부터가 놀랍다. 작고 정겨운 민물고기 이름들이 그러하듯 이런 연약한 식물들의 이름은 발음하는 것만으로도 산소를 흠뻑 들이마신 듯한 청량감을 준다.

이렇듯 식물들의 존재를 확인하고 그 이름을 불러주면서 시인이 강조하는 것은 공생의 윤리다. 식물 종에 따라서는 바람에 실려 온 것도 있고 새가 옮겨 온 것도 있을 테고 사람이 묻혀서 들여온 것도 있겠지만, 유래야 어찌 됐든 지금은 이곳 독도에서 "모두들 함께 어울려 자라"고 있다는 사실이 중요하다. 그러니 "귀화다 자생이다 구별 말고/긴 세월 서로 미워하거나 다투지도 말고/이웃으로 오순도순 정 붙여 가며" 함께 살아가라는 것이 시인의 당부다. 그리고 그 당부는 독도의 식물들만이 아니라 글로벌 시대를 사는 우리 모두에게 해당하는 요구일 것이다.

독도 우체국*

편부경

기다림이 길었습니다
굽은 등으로 걸어온
느린 걸음의 날들
길을 잃지는 않았습니다
강아지풀 억새와 뿌리로 만나
그 속삭임만으로
해가 뜨고 지다가
눈바람에 목메이다가
망망대해를 서성이다가

등대 불을 밝히면
웅크려 돌아눕던 꿈길에서
고향이 없다던 뜨거운 별들이
뚝뚝 떨어뜨리던 말과
기다림이 지은 독도 별정우체국

머지않았습니다
독도리 사람들 낯익은 목소리로
우체국 마당을 쓸고
뭍으로 간 이웃 돌아와
주머니 속 깊은 술병 꺼내 들 날이

쪽배 뒤척임 위에 갈매기 목청 선연할 때
이 번지 저 번지 둘러앉아
목메는 이야기로 물소리 지워질
오래된 수채화 속 시골마을 풍경이
거기 우체통에 발걸음 잦을 날이

* 2003년 2월 17일 독도리에 우편번호 부여. 799-805.

편부경 시인의 이 시는 그의 시집 『독도 우체국』(2004)의 표 제작이다. 편부경 시인은 독도를 널리 알리고 독도와 관련한 행사에 적극 참여하는 등의 활동으로 아예 '독도 시인'으로 일컬어진다. 주소지를 독도로 옮기기도 했으며 한국시인협회 독도지회장에 임명된 바도 있다. 나호열 시인은 시집 『독도 우체국』 해설에서 편부경 시인을 일러 '독도를 사랑하다 독도가 되어버린 시인'이라고 했다. 또 원로 이생진 시인은 「독도로 가는 여인」이라는 시에서 "편부경은 '독도 우체국'/우체국장"이며 "일본 대사관 앞에서/태극기를 들고 일인 데모를 하다 쓰러진/유관순"이라고 표현하기도 했다. 독도와 관련한 그의 활동을 동료 시인들이 인정하고 평가하고 있다는 뜻이다.

편부경 시인의 이 시는 말미에 붙은 각주에서 보듯 독도에 우편번호가 부여된 일을 계기로 쓴 작품이다. 없었던 우편번호가 새로 생겼다는 사실로부터 시인은 아예 우체통과 우체국이 독도에 들어서는 상상으로 나아간다. 독도에 우체통과 우체국이 없는 채 지나온 세월을 시인은 오랜 기다림의 시간으로 파악한다. 그렇게 "기다림이 지은 독도 별정우체국"이 현실로 나타날 때가 "머지않았"다고 시인은 예상한다. "낯익은 목소리로/우체국 마당을 쓸고/뭍으로 간 이웃 돌아와/주머니 속 깊은 술병 꺼내 들" 날은 독도가 우체국으로 대표되는 '정상성'을 회복하는 날, 독도가 여느 마을과 다르지 않은 동네가 되는 날이다. 독도가 여느 마을처럼 사람들로 북적이는 동네가 되는 미래 상황은 "이 번지 저 번지 둘러앉아/목메는 이야기로 물소리 지워질/오래된 수채화 속 시골마을 풍경"으로 표현된다. 우체통과 우체국을 향한 기다림으로 시작된 시는 다시 우체통을 찾는 사람들의 발걸음으로 마무리된다.

독도에서는 갈매기도 모국어로 운다

강문숙

독도에서는 갈매기도 모국어로 운다.
가갸거겨 뱃전에서 모음과 자음으로 끼룩대다가
ㅅㅅㅅ 커다란 날개 저으며 저희들끼리 대오를 이룬다.

동쪽에서 떠오른 해가 맨 먼저 어루만지는 한반도
독도의 깨진 정강이를 쓰다듬는 파도의 울음 하도 간절하여
빳빳하게, 조선의 팔뚝 힘으로 흔들리는 풀잎들,
섬의 젖꼭지를 물고 있던 섬말나리꽃 다홍색 입술이 짜다.

새들이 죽을 때 제 고향으로 머릴 두는 것처럼
그리운 것들을 향해 제 그늘을 내어주는 해송처럼

저녁이 오고

독도는 바람의 결이 빚어낸 바위의 모진 각(角)을
지긋이 한반도 쪽으로 기울이다가, 분연히
다시금 홀로 일어서는 것이다.

제목과 첫 행이 모든 것을 말해 주는 시가 있다. 강문숙의 이 시가 그러하다. 독도에서는 갈매기도 모국어로 운다는데, 거기에 무슨 첨언이 필요하겠는가. 뱃전에 와 끼룩대는 갈매기의 울음소리는 "가갸거겨"로 들리고, 갈매기들이 대오를 이루는 모양은 "ㅅㅅㅅ"으로 형용된다. 청각과 시각의 협업이다. 한갓 갈매기조차 모국어로 울 정도로 독도는 조국 한반도와 뗄 수 없도록 밀착해 있다는 것. 갈매기가 모국어로 운다는 강렬한 '선언'에 이어지는 시의 나머지는 그에 대한 부연설명에 지나지 않는다. "빳빳하게, 조선의 팔뚝 힘으로 흔들리는 풀잎들", 죽을 때 제 고향으로 머리를 두는 새들이란 모국어로 우는 갈매기의 변형일 뿐이다.

시의 마지막 연에서는 시상이 한 발 더 나아간다. 저녁이 되면 왠지 마음이 가라앉고 무언가 의지할 것을 찾게 되는 법. 독도 역시 힘겹게 버텨낸 하루에 대한 보상을 찾으려는 듯하다. "바람의 결이 빚어낸 바위의 모진 각을/지긋이 한반도 쪽으로 기울이"는 것을 보라. 힘들고 지친 아이가 어미의 품을 찾는 형국이다. 그러나 나약해져서는 안 된다! '홀로 독(獨)' 자를 쓰는 이름에서 보듯 독도의 운명은 홀로 서서 버티며 싸우는 것. 그래서 갈매기들로 하여금 언제까지나 모국어로 울게 하고 흔들리는 풀잎들에게 빳빳한 조선 팔뚝의 힘을 건네주는 것. 결국 "분연히/다시금 홀로 일어서는" 독도의 모습이 안쓰러우면서도 듬직하다.

울릉도

안상학

너는 어느 먼 전설 속 이 땅이 험한 바다를 표류할 때 거대한 해일파도에 가라앉을까 연백인지 만경인지 늠름하게 섰다가 허리 밑을 잘라 평야를 만들어놓고 금강인 양 설악인 양 아름다운 얼굴로 동해나 먼 곳 수자리 떠난, 동해나 깊은 곳 파도 막으러 떠난 그 봉우리가 아니랴. 그러기에,

너는 한반도의 심장이다
너 없으면 이 땅은
무슨 수로 매일 아침
뜨거운 태양을 길어 올리랴
용암 같은 피 고동치게 하랴

너는 한반도의 허파다
너 아니면 이 하늘은
무슨 수로 하루 종일
새들을 노래하게 하랴
꽃들을 향기롭게 하랴

너는 한반도의 젖꼭지다
너 아니면 우리들은
무슨 수로 이 저녁에

목젖을 축이랴 그 품에
편안한 꿈 꿀 수 있으랴

동해나 깊은 너 아니면
동해나 먼 너 없다면
무슨 수로 오늘 하루
지는 해를 편안히 보낼 수 있으랴
밤도 깊어 아침 해를 기다릴 수 있으랴

그러기에, 너는 어느 먼먼 전설 속 장백산 머리에 있던 으뜸 봉우리였는지도 몰라 이 땅이 온통 불가마 카오스에 휩싸였을 때 네 스스로 뜨거운 목을 쳐 천지 만들어 식혀놓고 동해나 차고 깊은 물에 몸을 던진 그, 오늘도 맑은 바람에 마가목 이마 씻는 울릉아, 부드러운 는개로 해국화 입술 적시는 울릉아

안상학의 이 시는 활달한 상상력과 유려한 리듬이 돋보이는 작품이다. 형식적으로 이 시는 산문시의 형태를 취한 첫 연과 마지막 연 사이에 반복을 통해 리듬감을 살린 본문 네 연이 들어 있는 구조다. 산문 형태인 첫 연과 마지막 연은 울릉도의 유래를 설명한다. 설명이라기보다는 시인 특유의 자유분방한 상상력의 향연에 가깝다. 첫 연에서 울릉도는 "이 땅" 한반도가 험한 바다를 표류할 때 "동해나 깊은 곳 파도 막으려 떠난 그 봉우리"로 설명된다. 조국 한반도를 파도의 위협에서 지키고자 "수자리 떠난" 울릉도라는 상상은 참신하고 듬직하다.

그렇게 수자리 떠난 병사처럼 동쪽을 든든하게 지키고 있는 울릉도가 본토인 한반도에게 어떤 의미인지를 다양하게 변주해서 일러준다. 울릉도는 "한반도의 심장"이고 "한반도의 허파"이며 "한반도의 젖꼭지"다. 심장과 허파와 젖꼭지란 인체의 여러 기관 중에서도 생존에 가장 직결되는 기관들. 울릉도의 비중과 가치가 그만큼 절대적이라는 뜻이다. 그런 울릉도 덕분에 "이 땅"과 "이 하늘"과 "우리들"은 "용암 같은 피 고동치"고 "새들을 노래하게" 하고 "꽃들을 향기롭게" 하며 "편안한 꿈 꿀 수 있"는 것이다.

시의 마지막 연에서는 울릉도에 관한 새로운 상상이 등장한다. 아니, 첫 연의 상상을 좀 더 구체화시킨 것이라고 해야 하겠다. 다름 아니라 울릉도가 백두산(장백산) 꼭대기 천지의 자리에 올라 앉아 있던 봉우리였다는 상상이다. "이 땅이 온통 불가마 카오스에 휩싸였을 때" 스스로 목을 쳐서 천지를 만들어놓고 "동해나 차고 깊은 물에 몸을 던진" 것이 지금의 울릉도라는 상상. 시인의 장쾌한 상상을 만나고 나면 다시 보인다. "오늘도 맑은 바람에 마가목 이마 씻는", "부드러운 는개로 해국화 입술 적시는" 울릉이.

독도에서 쓰는 편지
―일군(日君)에게

이정록

잘 지내는가?
봄은 왔다지만 아직은 바닷바람이 차갑네.
자꾸만 한지가 펄럭거려서 오늘의 편지는 짧게 써야겠네.
요즈음 자네 집안이 먹고사는 걱정을 놓을 만큼 넉넉해졌
다는 소식
이러저러한 길로 들었네. 남에게 나눠줄 만큼 양식이 있다
는 것
복된 일이지. 옛날, 피로 얼룩진 자네 어른들처럼
양식을 팔아 총칼을 쟁여두는 일은 없어야 할 것이네.
바닷바람에 종이가 찢길 듯 펄럭이네. 서둘러 본론을 말해
야겠네. 日君!
요즈음 독도가 자네 집안 땅이라고
어린것들에게도 가르친다는 게 참말인가?
머리띠 두르고 어거지 축제도 연다는 게 사실인가?
역사란 게 호주머니 안에서 제 거시기 주물럭거리듯
호락호락하지 않다는 거 아직도 모르고 있는가?
잿빛 구름 속에서 무릎 꿇었던 게 엊그젠데 말일세.
우는 아이 젖 준다는 말만 계명(誡命)처럼 받들며 징징거
릴 겐가?
日君! 이웃도 반은 가족인 것이네.
자네 집안이 잘 살고 반듯하면 반은 우리 집안의 경사인

게지.

　내 하는 말 잘 여며 듣게. 울어도 젖 안 나온다고.

　그저 젖 모양의 돌섬일 뿐이라네.

　자네 집안의 빗나간 욕심 때문에

　우리 집안이 아직도 괴로운 나날을 견뎌온다는 것은

　배운 자네뿐 아니라 삼척동자도 아는 일이네. 日君!

　솔직히 독도는 불끈 쥔 주먹이라네. 그러니

　젖 달라고 징징대다 보면 쥐어박힌단 말이지.

　먼바다 밖에다 시린 두 주먹을 내 놓고 사는 우리 집안은

　몸과 마음이 얼마나 시리겠는가? 자네는 그래도 배운 사람

아닌가?

　어른들께도 잘 이르게. 우리도 두 주먹을 펴고

　자네 집안과 어깨동무를 하고 싶단 말일세.

　이웃 사이에 담을 허물면 마당이 두 배로 넓어지는 것이지.

　간혹 한솥밥도 먹고 말일세.

　봄바람 자면 다시 소식 넣을 테니

　그때는 숟가락 젓가락 섞어 보세. 껄껄 웃으며

　마당 한가운데다 두레밥상 좀 차려 보세.

　日君! 노파심으로 다시 한번 이르겠네.

　이제 그만 칭얼거리게나. 독도는

　아직은 불끈 쥔 두 주먹이네.

추신 : 먼젓번에 건넨
　　　자숙(自肅)이란 가훈은
　　　잘 받았는가?

이정록의 이 시는 제목에서 보듯 편지 형식을 취하고 있다. 편지의 수신인인 '일군(日君)'은 보통의 일본 사람 또는 사람으로 의인화한 일본이라는 나라를 가리킨다. 편지의 일반적인 법칙처럼 서두는 날씨와 안부 인사에 할애된다. "자네 집안이 먹고사는 걱정을 놓을 만큼 넉넉해졌다는" 데 대한 덕담도 잊지 않는다. 그런데 덕담 속에 뼈가 들어 있다. "옛날, 피로 얼룩진 자네 어른들처럼/양식을 팔아 총칼을 쟁여두는 일은 없어야 할 것"이라는 다짐을 두는 것이다. 본론이 이어진다.

독도를 일본 땅이라고 학교에서 가르치고 독도 축제까지 여는 행태를 화자는 지적한다. "역사란 게 호주머니 안에서 제 거시기 주물럭거리듯/호락호락하지 않다"는 표현은 이정록다운 해학 속에 날카로운 가시를 숨기고 있다. "잿빛 구름 속에서 무릎 꿇었던" 역사를 상기시키며 경거망동을 경계한다. 다른 한편으로는 어르고 달래기도 잊지 않는다. "이웃도 반은 가족"이라는 통찰은 얼마나 지혜로운가. 이웃이 다복하고 평안해야 우리도 행복할 수 있는 것이다.

그런데 이웃인 '일군'은 호시탐탐 독도를 노리며 도발을 일삼는다. "우는 아이 젖 준다는 말만 계명처럼 받들며 징징거"린다. 화자는 다시 타이른다. "내 하는 말 잘 여며 듣게. 울어도 젖 안 나온다고." 독도를 향한 일본의 야욕과 도발을 '우는 아이 젖 준다'는 옛말에 빗대었던 시인은 그로부터 새로운 시상을 발전시킨다. 독도의 형상을 두고, 그것이 젖 모양이 아니라 주먹을 닮았음을 상기시키는 것이다. 독도는 "그저 젖 모양의 돌섬일 뿐"이며 "솔직히 독도는 불끈 쥔 주먹"이라는 것이다. 그러면서 "먼바다 밖에다 시린 두 주먹을 내 놓고 사는 우리 집안"의 처지에 대한 이해와 공감을 호소한다. 어디까지나 이웃과 "어깨동무를 하고 싶"은 선의를 받아달라고 요청한다. 그런 호

소와 요청을 무시한다면, "독도는/아직은 불끈 쥔 주먹"이리라는 사실을 강조하며 편지를 끝맺는다. 지난번 편지에서 "자숙(自肅)이란 가훈"을 건넸던 사실을 상기시키는 추신 역시 이정록다운 해학이 빛나는 장면이다.

독도들

이영광

해장국집에 들어가 술을 시켰는데
잔을 두 개 가져다준다
저는 소주를 세 병 마신
한 사람입니다
이상하다는 듯 남자가 잔 하나를
도로 가져가버린다
나는 내 반쪽이 찢겨나가는 것 같다
한 사람일 수도,
한 사람이 아닐 수도 있다, 있지만
〈모닝와이드〉는 삼월 찬바람에 쓸리는
독도를 보여준다 독도만 가면
깃발 흔들고 만세 부르고 사진 찍는
민족 문인들이나 기자들이 있겠지
업소 출신이 업소에 안 가듯
나는 독도엔 안 간다
소주잔에 떠다니는 내 심장을 본다
결코 양보할 수 없다는 돌투성이 국토 너머
망망대해를 본다
모든 홀몸은 분쟁 중이고
모든 홀몸은 부유 중인데
독도는 어디에 있는 섬인가

독도는 어디에 없는 섬인가
투사처럼 비쩍 마른 밥집 남자는
소주잔에 담아간 심장을 가져오지 않는다

이영광의 시 「독도들」은 독도를 노래한 여느 시들과는 결이 다르다. "독도만 가면/깃발 흔들고 만세 부르고 사진 찍는/민족 문인들이나 기자들"과 자신은 다르다고 화자는 강조한다. "업소 출신이 업소에 안 가듯/나는 독도엔 안 간다"는 말은 독도에 대한 애정과 관심을 자신은 다른 식으로 간직하고 표현한다는 뜻으로 읽힌다.

이 시의 화자는 아마도 한두 차례 술자리를 거친 뒤 혼자서 해장국집에 들어가 소주를 시킨 모양이다. 주인은 잔을 두 개 가져다주는데, 화자에게 따로 일행이 없다는 사실을 확인하고 잔 하나를 도로 가져가버린다. 그러할 때 화자의 반응이 의미심장하다. "나는 내 반쪽이 찢겨나가는 것 같다/한 사람일 수도,/한 사람이 아닐 수도 있다, 있지만". 독작하는 사람한테 잘못 온 두 번째 소주잔을 다시 거두어가는 것은 자연스러운 일일 것이다. 그런데도 그렇게 회수되어 가는 소주잔을 보며 화자는 자신의 반쪽이 찢겨나가는 것 같다고 느낀다. 그는 물리적으로는 혼자이되 "한 사람이 아닐 수도 있"는 것이다. 혼자 마시는 사람의 두 번째 잔은 단지 불필요한 여분인 것만은 아니다. 그것은 어쩌면 자신의 반쪽이라 할 정도의 정서적 · 심리적 비중을 지닌 물건일 수도 있는 것이다. 우리에게 동해 멀리 떨어져 있는 독도의 존재가 그와 비슷한 것 아닐까.

"모든 홀몸은 분쟁 중이고/모든 홀몸은 부유 중"이어서, 독도가 분쟁 중이고 부유 중이듯 해장국집에서 독작하는 화자 역시 분쟁 중이고 부유 중이다. 그의 심장은 분명 제 몸 안에서 뛰고 있지만, 동시에 밥집 남자가 회수해 간 "소주잔에 떠다니는" 것이기도 하다. 독도는 동해 저 멀리에 있는 것만이 아니라 해장국집 소주잔을 비롯한 도처에 있다. 그래서 복수형 '독도들'이다.

독도

황규관

파도의 말은 섬이 듣고
섬의 침묵은 파도가 노래한다
출렁이는 난바다 한가운데
깃발과 함성이
경비정의 엔진음이 소용돌이치는 건
오래된 사람들의 일일 뿐
다만 독도는 혼자 뜨겁다
수평선과 떠오르는 붉은 태양과
시푸른 바다의 격랑과만 뜨겁다
깃발은 가라
식민주의의 음험한 북소리는 가라
끝없는 탐욕도 미움도 가라
동서남북 망망대해는 활짝 열렸고
말없는 섬에는
지구의 피가 흐를 뿐
별자리의 거대한 음악이 울릴 뿐
국가는 가라
침략도 영원히 사라져라
파도의 노래가 끝없는 곳에서
홀로 독도만 뜨겁다
밀려왔다 밀려가는 찰나만 영원하다

황규관의 시 「독도」는 평범한 섬의 묘사로 시작한다. "파도의 말은 섬이 듣고/섬의 침묵은 파도가 노래"하는 것은 독도뿐만이 아니라 모든 섬에 공통된 모습일 것이다. 그런데 곧 이어서 독도만의 예외적 상황이 묘사된다. "깃발과 함성", "경비정의 엔진음"은 여느 섬에서는 볼 수 없는 풍경이요 소리다. 그런데 막상 독도 자신은 그런 것들로부터 거리를 지키는 모습이다. "다만 독도는 혼자 뜨겁다". 수평선과 태양과 격랑 같은 자연물들과만 뜨거울 뿐, 역사니 민족이니 하는 인간의 일들로부터는 거리를 두려 하는 것이다.

그래서 독도는 외친다. "깃발은 가라", "국가는 가라". 독도의 이런 외침은 물론 자연에 거스르고 자연을 말살하려는 인위적 이념과 제도에 대한 반감의 표현이지만, 그렇다고 해서 그것이 모든 이념과 제도를 반대하는 것이라고 보기는 어렵다. 구호에 이어 나오는 "식민주의의 음험한 북소리"와 "침략"은 독도를 향한 일본의 탐욕과 도발을 상기시킨다. 그러니 "끝없는 탐욕도 미움도 가라"고 화자가 된 독도가 부르짖을 때, 거기에서 일본과 한국의 책임과 잘못이 동등하다는 메시지를 읽어서는 곤란하다.

말없는 섬 독도에 "지구의 피가 흐를 뿐/별자리의 거대한 음악이 울릴 뿐"이라는 대목은 분명 민족과 국가를 넘어서 지구별 전체와 더 나아가 우주의 차원에서 독도를 보아야 할 필요성을 강조한다. "밀려왔다 밀려가는 찰나만 영원하다"는 시의 마지막 행 역시 인간의 시간과 역사 관념에 매이지 않는 자연물 독도의 영원의 감각에 닿아 있다. 그것은 시의 도입부에서 묘사한 바 평범한 여느 섬의 풍경과도 다르지 않다. 그러나 독도가 그와 같은 영원한 평범성을 간직하기 위해서라도 식민주의와 침략의 위협으로부터 자유로워야 함은 물론이다.

울진

후포 뒷길에서 분노한 바다를 보다

사람도 배도 자취를 감추고 보이지 않는 비어 있는 바다. 검푸른 바다 껍질이 바람에 찢어지고 있다. 분노한 바다 물빛은 마른 풀숲처럼 숨기고 있던 잔설을 드러내고 있다. 견디지 못한 흰 속살이 이곳저곳에서 돌고래처럼 펄쩍펄쩍 뛰어오르고 있다. 육지가 바다에 몸을 묻는 하늘에서 갈매기가 한 마리 밀물 지는 바람의 속도에 맹렬하게 밀리고 있다.

용바위 못미처 고갯마루를 내려설 때 멀리 떠오른 월송정 옆 얼굴은 여전히 신선한 연둣빛 사상(思想)처럼 조용하였다.

허만하 시인은 1957년 잡지 《문학예술》에 추천받아 등단했고 1969년에 첫 시집 『해조(海藻)』를 출간했다. 그러나 그 뒤 의사이자 교수로서 생업에 매진하느라 시에서 멀어져 있다가 첫 시집 출간 뒤 무려 30년 만인 1999년 두 번째 시집 『비는 수직으로 서서 죽는다』를 내놓으며 극적인 시업 복귀를 알렸다(그 두 해 전인 1997년에 그는 재직하던 대학에서 정년퇴직한 터였다). 이 시집은 그 자체가 하나의 '사건'으로 받아들여졌다. 그토록 오래 시를 떠나 있었던 원로 시인의 복귀작이라고는 생각하기 힘들 정도로 청신한 감각과 미학적 고투 그리고 지성의 깊이를 보여주었던 것이다. 두 번째 시집을 내고 3년 뒤인 2002년에 그는 다시 세 번째 시집 『물은 목마름 쪽으로 흐른다』를 냈으며 그 뒤로도 3~4년 터울로 꾸준히 신작 시집과 산문집, 시론집 등을 내며 건재를 과시하고 있다. 「후포 뒷길에서 분노한 바다를 보다」는 그의 세 번째 시집 『물은 목마름 쪽으로 흐른다』에 실려 있다.

이 시는 폭풍이 휘몰아치는 사나운 바다 풍경을 묘사한다. 이 시에 묘사된 바다는 "사람도 배도 자취를 감추고 보이지 않는 비어 있는 바다"다. 수면이 잔잔히 가라앉아 있지 않고 거칠게 들썩이는 모습을 시인은 "검푸른 바다 껍질이 바람에 찢어지고 있다"고 감각적으로 표현한다. 그렇게 껍질이 찢어지면서 드러난 바다의 속살은 "이곳저곳에서 돌고래처럼 펄쩍펄쩍 뛰어오르"는 것으로 역시 매우 감각적인 표현을 얻는다. 이토록 사납게 요동치는 바다 위에서는 갈매기조차 앞으로 나아가지 못하고 "바람의 속도에 맹렬하게 밀리"기만 할 뿐이다.

두 연으로 이루어진 이 시의 두 번째 연은 그러나 "분노한" 바다와는 전혀 다른 풍경의 포착으로 처리된다. 그 바다를 내려다보고 있는 월송정 옆얼굴은 바다의 분노로부터는 어디까지나

거리를 둔 채 "여전히 신선한 연둣빛 사상(思想)처럼 조용하였"
던 것이다. 분노해 날뛰는 바다와 조용히 사상을 더듬는 정자의
극적인 대비가 사유의 여지를 한껏 넓혀 놓는 작품이다.

동해바다
-후포에서

신경림

친구가 원수보다 더 미워지는 날이 많다
티끌만 한 잘못이 맷방석만 하게
동산만 하게 커 보이는 때가 많다
그래서 세상이 어지러울수록
남에게 엄격해지고 내게는 너그러워지나 보다
돌처럼 잘아지고 굳어지나 보다

멀리 동해바다를 내려다보며 생각한다
널따란 바다처럼 너그러워질 수는 없을까
깊고 짙푸른 바다처럼
감싸고 끌어안고 받아들일 수는 없을까
스스로는 억센 파도로 다스리면서
제 몸은 맵고 모진 매로 채찍질하면서

이 시는 신경림의 기행시집 『길』(1991)에 실려 있다. 시인은 1987년 동료 문인들과 함께 울진을 찾았던 경험에서 이 시가 나왔다고 밝혔다. 시의 부제에도 울진 후포가 적시되어 있지만, 후포 갓바위공원에는 이 시를 새긴 시비도 세워져 있다. 그러나 사실 이 시에서 노래하는 동해바다가 반드시 후포일 필요는 없을 것이다. 그곳이 어느 곳이든 광활한 동해바다를 보며 음미할 만한 시라 하겠다. 그럼에도 역시 시인이 동해의 여러 곳 가운데에서 특히 후포에 와서 이런 시상을 떠올리고 작품으로 옮겼다는 사실이 중요하다. 후포 바다가 이런 시를 낳을 만한 아우라를 지니고 있다는 뜻이기 때문이다.

시 속 화자는 자신의 마음보가 작고 편협해졌다고 느낀다. 친구란 생의 동반자이고 적대적인 세력에 맞서 힘을 보태 주는 우군인데, 그런 친구가 "원수보다 미워지는" 사태란 보통 심각한 것이 아니다. 그것이 친구의 잘못인가 하면 그렇지가 않다는 데에 더 큰 문제가 있다. "티끌만 한 잘못이 맷방석만 하게/동산만 하게 커 보이는" 것은 내 마음의 눈이 잘못돼 있기 때문이다. 물론 이런 사태에도 따져 보면 원인이 없지는 않다. "세상이 어지러"운 것이다. 어지럽고 혼란한 때일수록 문제의 원인을 바깥에서 찾으려는 게 인지상정일 수도 있다. 그러다 보니 "남에게 엄격해지고 내게는 너그러워지"는 것이다. 그러나 그것은 분명 잘못된 것. 첫 연의 마지막 행에서 화자는 "돌처럼 잘아지고 굳어지"는 자신을 반성한다.

둘째 연에서 바다가 등장한다. 그 바다는 첫 연 마지막 행에서 보조관념으로 등장했던 돌과는 상반되는 이미지를 지닌다. 돌이 작고 편협한 마음을 상징한다면, 바다는 크고 너그러운 것을 대표한다. 화자는 너그럽게 "감싸고 끌어안고 받아들"이는 바다를 배우고자 한다. 그런데 화자가 바다로부터 배우려는 것이 너그러움만은 아니다. 시의 마지막 두 행은 외유내강 또는 자경(自警)을 거친 너그러움의 필요성을 강조한다. 사는 일이 답답하고 스스로가 옹졸하다고 느껴질 때 후포 바다를 찾아 시인의 이 시를 한번씩 읊어 보면 숨통이 트이고 사는 일이 한결 수월해지지 않을까.

걷다가 사라지고 싶은 곳
−울진군 소광리 길

황동규

오늘 우연히 지도 뒤지다가 기억 속에 되살아난
소광리 길
봉화에서 불영계곡 가다가
삼근(三斤) 십 리 전 왼편으로 꺾어 올라가는 길
잡목 속에 적송들이 숨어 숨 쉬는 곳.
차 버리고 걸으면
냇물과 길이 서로 말 삼가며 만드는
손바닥 반만 한 절터 하나도 용납 않는 엄격한 풍경.
자꾸 걸으면 길은 끝나지 않고
골짜기와 냇물만 남는다.

고목(枯木) 덩이 같은 쏙독새 한 마리
한걸음 앞서 불현듯
새가 되어 날아갈 뿐.

황동규의 시「걷다가 사라지고 싶은 곳」은 모두 네 편으로 이루어졌다. 일련번호 순으로 대천 부근 뻘밭, 울진군 소광리 길, 정선군 가수리 길, 안성군 청룡사 뒷길이다. 이 시에는 앞뒤로 짧고 긴 설명이 붙어 있다. 시 앞에 붙은 설명은 1995년 일기에서 발췌한 것으로 "어느샌가 내 생애는 이상한 여행들이 되어 있었다"는 문장이다. 시 뒤에는 이 시를 쓸 때의 정황, 그리고 시의 소재가 된 네 여행지에 동행했던 이들에 대한 소개가 이어진다. 이에 따르면 시인의 소광리 길 여행에 동행한 것은 울진 출신인 김명인 시인을 비롯해 대구의 이하석, 송재학 시인 등이었다.

황동규 시인이 이 시를 쓴 때는 1982년부터 1995년까지 햇수로 14년간 이어진「풍장」연작을 마무리한 직후였다. 여행을 좋아하는 시인은「풍장」을 끝내고 쉬거나 여행을 하고 싶었으나 여건상 여행이 어렵자 지난 여행의 추억을 끄집어내 이 시를 쓰게 되었다고. 시를 쓴 시기가 그래서인지 이 시에서는「풍장」연작의 느낌과 분위기가 진하게 만져진다. '걷다가 사라지고 싶은 곳'이라는 제목부터가 '풍장'과 비슷하지 않은가. 이 경우에 사라진다는 것은 행방불명이라기보다는 존재의 소멸을 뜻하는 말인데, 생의 감각이 극도로 고양되다 보면 그것은 죽음의 상태 또는 죽음 충동과 가까워지기도 한다. 거꾸로, 죽음을 날카롭게 인식할 때 생의 감각도 그만큼 강렬해지는 법이다.「풍장」도 그렇고 이 시도 그렇고, 죽음이 아닌 삶의 예찬으로 읽어야 하는 까닭이 거기에 있다.

황동규 시인이 소광리를 여행할 때나 이 시를 쓸 때는 아직 이곳에 금강소나무 숲길이 조성되기 전이었다. 지금도 여느 길에 비해 원시와 야생의 느낌이 강한데, 무려 이삼십 년 전인 지난 세기에는 오죽했을까 싶다. "냇물과 길이 서로 말 삼가며 만드는/손바닥 반만 한 절터 하나도 용납 않는 엄격한 풍경"을 지금은 웬만큼 깊은 산중이 아니면 만나기 쉽지 않다. "자꾸 걸으면 길은 끝나지 않고/골짜기와 냇물만 남는" 그런 길에서, 사라지는 것까지야 바라지 않더라도 한 번쯤 길을 잃고는 싶다.

불영사

김영무

누이들이 밤마다 호수처럼 잠자는 곳

열두 굽이 헤맨 발길
채마밭 만나
겨우 숨 돌리는 산중인데

호수 얼어붙어
내려오지 못한 별들은 하늘에 가득하고

누이들이 키우는 서른 마리 고양이들
부처님의 그믐달 눈빛으로 게으른 밤

천년 고목 은행알 따서 구워주던 누이들은
나그네들 위해 베개 머리맡에 하얀 새 양말 놓아주고

그 많던 어젯밤 별들
하나도 따갈 수 없어 섭섭하다 했더니

달과 함께 하늘의 별들 그득 담아
월성주(月星珠) 목에 걸어주던
산속 큰누이의 차가운 손길

호수처럼 잠자는 누이들의 밤을 지키는
살금살금 그믐달 그림자이고 싶던
불영사의 별밤

울진을 대표하는 절 불영사는 비구니 사찰이다. 이 시에서는 비구니들을 일러 친근하게 "누이들"이라 하였다. 비구니 절이라서인지 절집 안에 널찍하게 자리한 채마밭이 유명하다. 김장철이면 채마밭에서 거둔 배추며 무로 김장을 담그는 스님들의 사진이 자주 언론과 인터넷 블로그 등에 소개되곤 한다.

이 시는 화자가 불영사에서 하루 유숙한 경험을 담았다. 불영사라는 이름은 서쪽 산등성이의 부처 모양 바위가 절 안 연못에 비친다고 해서 지어졌는데, 이 시에서 언급되는 "호수"는 이 연못을 가리키는 게 아닐까 싶다. 그렇다면 누이들이, 그러니까 스님들이 "호수처럼" 잠잔다는 것은 잠 속에서도 부처님을 닮고자 하는 스님들의 원력을 가리키는 표현으로 이해할 수 있겠다. 화자는 그 연못에 부처님 그림자가 아니라 하늘의 별들이 와서 어리기를 바랐던 모양. 하루 머문 뒤 절을 떠날 때에도 그 별들을 따가지 못하는 데 대한 아쉬움을 표한다. 그러자 "큰누이"(아마도 주지 스님)가 "달과 함께 하늘의 별들 그득 담아" 화자의 목에 걸어준 게 월성주(月星株)라는 염주. 월성주란 성월보리자 열매로 만든 염주 이름인데, 달 모양의 큰 점을 별 같은 작은 점들이 둘러싸고 있다고 해서 그런 이름이 붙었다. 시인이 호수(연못)를 언급하면서 그것을 부처님 그림자가 아니라 별들과 연관시킨 까닭이 바로 이 월성주에 있었을 것이다. 그리고 시의 마지막 연에 나오는 "그믐달"과 "별밤" 역시 월성주의 그림자를 거느리고 있다 해야 하겠다.

너와집 한 채

김명인

길이 있다면, 어디 두천쯤에나 가서
강원남도 울진군 북면의
버려진 너와집이나 얻어 들겠네, 거기서
한 마장 다시 화전에 그슬린 말재를 넘어
눈 아래 골짜기에 들었다가 길을 잃겠네
저 비탈마다 온통 단풍 불붙을 때
너와집 썩은 나무껍질에도 배어든 연기가 매워서
집이 없는 사람 거기서도 눈물 잣겠네

쪽문을 열면 더욱 쓸쓸해진 개옷 그늘과
문득 죽음과, 들풀처럼 버팅길 남은 가을과
길이 있다면, 시간 비껴
길 찾아가는 사람들 아무도 기억 못하는 두천
그런 산길에 접어들어
함께 불붙는 몸으로 저 골짜기 가득
구름 연기 첩첩 채워넣고서

사무친 세간의 슬픔, 저버리지 못한
세월마저 허물어버린 뒤
주저앉을 듯 겨우겨우 서 있는 저기 너와집,
토방 밖에서 황토흙빛 강아지 한 마리 키우겠네

부뚜막에 쪼그려 수제비 뜨는 나 어린 처녀의
외간 남자가 되어
아주 잊었던 연모 머리 위의 별처럼 띄워놓고

그 물색으로 마음은 비포장도로처럼 덜컹거리겠네
강원남도 울진군 북면
매봉산 넘어 원당 지나서 두천
따라오는 등 뒤의 오솔길도 아주 지우겠네
마침내 돌아서지 않겠네

고향 없는 사람이 어디 있겠는가만, 고향의 비중과 존재감은 사람마다 천차만별일 것이다. 시인에게도 고향의 의미는 제각각이어서, 고향을 적극적으로 시로 노래하는 시인이 있는가 하면 자신과 고향은 무관하다는 듯 시치미를 뚝 떼는 시인도 없지는 않다. 김명인 시인은 물론 전자에 속한다. 그는 「영동행각」 연작과 「후포」, 그리고 여기 소개하는 「너와집 한 채」 같은 작품을 통해 울진을 한국 문학 지도에 확고히 등재시켰다.

시에 표기되어 있되, 너와집이 있는 곳은 "강원남도 울진군 북면의" "두천"이다. 시인이 태어난 1946년 당시 울진군은 강원도에 속했지만, 1963년 경상북도로 편입되었다. 2019년 말 시에 나오는 울진군 북면 두천리 보부상 마을에 이 시 「너와집 한 채」의 시비가 세워졌다. 두천은 금강소나무숲길 제1구간인 십이령보부상길의 출발지이고, 이 길의 종점이 바로 황동규 시 「걷다가 사라지고 싶은 곳」의 배경인 소광리다.

그렇다고 해서 김명인의 이 시의 화자가 보부상인 것은 아니다. 시의 화자는 아마도 도회의 번잡하고 각박한 일상에 지친 사람일 것이다. 그는 가능한 한 지금의 생활 근거지에서 멀리 떠나 잠적하고 싶어 한다. "사무친 세간의 슬픔, 저버리지 못한/세월마저 허물어버"리고 새로 태어나고자 한다(누군들 현실의 짐을 벗어 버리고 익명의 새로운 삶을 꿈꾸지 않겠는가). 그런 그에게 맞춤하게 다가온 곳이 두천의 "버려진 너와집"이다. 그 너와집에서 "부뚜막에 쪼그려 수제비 뜨는 나 어린 처녀의/외간 남자가 되"고 싶다는 바람은 비현실적이지만 매혹적이다. 도회에서 꾸려 온 기존의 관계와 의무로부터 해방되고자 하는 열망은 실종과 잠적을 향한 의지로 표출된다("따라오는 등 뒤의 오솔길도 아주 지우겠네/마침내 돌아서지 않겠네"). 사라진 지명 '강원남도'는 그런 실종을 완성시키기에 제격이지 않겠는가.

죽변항에서

보리밥을 먹어서 즐거운 사람과
보리밥을 먹어도 즐거운 사람이 함께 달려온 저녁
갈매기들 웃음 넘치는 죽변항에서
한잔 술에 회를 섞어 먹으며
먹는 일보다 더 중요한 게 있을까
새삼 눈물겨웠다 먼 산행 후의
이런 순간을 위한 노역은 얼마나 지리했을 것인지
생각하면 사람들의 왁자한 수다와 웃음은
차라리 아름다운 것인가 찢어진 생명 앞에서
여전히 안전한 사랑을 꿈꾸는 우리
가까이 편안한 사람 몇 두고 앉은 행복에 취해
산은 이미 멀고 파도는 무심히 뒤척이는데
여기도 길이어서 그런가 이런 풍요 속에서도
느닷없이 엇갈리고 헝클어지는 삶의 무게가
얼핏 실리는 표정들
결국 쓸쓸한 침묵으로 시인하게 되리라
우리는 저마다 자신의 말만을 하였고
자신이 듣고 싶은 말만 들었을 뿐임을
그리고
보리밥과 쌀밥의 엄청난 차이까지도

이 시의 화자는 산행을 마치고 죽변항의 어느 횟집에 일행들과 둘러앉아 술을 곁들인 저녁밥을 먹고 있다. 그 밥은 아마도 보리밥이었던 듯, 시의 첫머리에서부터 보리밥이 등장한다. 그런데 일행들 사이에 보리밥을 대하는 태도에서 차이가 있어 보인다. "보리밥을 먹어서 즐거운 사람과/보리밥을 먹어도 즐거운 사람"으로 구분되지 않겠는가. 보리밥을 먹어서 즐거운 사람이란 평소 보리밥을 자주 먹지 않는 이, 모처럼 보리밥을 먹게 되어서 신나 하는 이일 것이다. 보리밥을 먹어'도' 즐거운 사람은 누구일까. 평소에 먹기 싫어도 보리밥을 먹어야 하는 이, 쌀밥이면 더 좋았겠지만 보리밥이어도 나쁘지 않다고 생각하는 이가 아닐까. 마지막 행에 "보리밥과 쌀밥의 엄청난 차이"가 등장하거니와, 이 시에서 보리밥과 쌀밥은 계급의 차이를 대변하는 음식으로 제시되는 듯하다.

"먹는 일보다 더 중요한 게 있을까"라고 시의 화자는 질문하는데, 이런 정치경제학적 관점은 이 시 전반에 기조처럼 깔려 있다. 함께 산행을 마치고 같은 음식을 먹으며 "왁자한 수다와 웃음", "가까이 편안한 사람 몇 두고 앉은 행복"을 만끽하면서도 일행 사이에는 넘을 수 없는 계급적 격차가 지워지지 않는다. "이런 풍요 속에서도/느닷없이 엇갈리고 헝클어지는 삶의 무게"라는 구절을 보라. 보리밥이라서 좋은 사람과 보리밥이어도 좋은 사람 사이의 차이는 어찌할 수 없는 것이고, 그것을 일행 모두가 결국은 알게 될 것이다. "우리는 저마다 자신의 말만을 하였고/자신이 듣고 싶은 말만 들었을 뿐임을".

울진 콩의 노래

이종주

정월 대보름에 콩점이 되거나
입춘에 군것질이 되거나
추석에 송편 고물이 되면 어떠랴
가끔씩은 콩죽이 되어도 좋고 콩가루가 되어도 좋다
손두부가 되고 순두부가 되어
허기를 달래주다가도
콩나물 해장국이 되어 서럽고 고달픈 인생의
쓰린 속을 달래주면 또 어떠랴
폭염과 폭풍 속에서
왕피천 물소리 들으며 꽃 피우고 열매 맺는 일
쉽지 않았다
콩알 같다고 무시하지 마라
햇빛 달빛과 새소리
왕피천 물소리와 동해 바람
서정과 서사의 굴곡진 길
용케도 지나왔으므로
나는 비로소 이름 하나 얻었다
비록 짧지만 고소한 노래 한 곡 얻었다

콩은 대게, 송이버섯 등과 함께 울진을 대표하는 특산물로 꼽힌다. 울진군은 울진콩6차산업클러스터사업단을 꾸려 울진 콩의 브랜드화 및 지역 관광 활성화를 도모한 바 있다. 이종주 시인의 이 시는 그런 콩을 화자로 삼아 콩을 예찬한 작품이다.

콩으로 만든 음식은 생각보다 다양하다. 두부와 된장은 물론이고 콩나물과 콩국수, 송편 소와 고물, 콩자반과 볶음콩 등. 이 시는 콩의 이런 다채로운 용도를 열거하며 콩의 너른 쓰임새를 찬미한다. 콩으로 만든 음식들은 "허기를 달래주"거나 "서럽고 고달픈 인생의/쓰린 속을 달래주"곤 한다. 생존에 필수적이며 위로와 격려를 건네주는 '힐링 푸드'가 바로 콩이다. 반복되는 "어쩌랴"는 시의 리듬감을 살리면서 콩의 너그러운 심성을 알려준다.

그렇게 누구나 부담 없이 먹을 수 있는 음식이 콩이지만, 식탁에 올라오기까지 과정이 순탄하지만은 않았다. "폭염과 폭풍"으로 대표되는 도전과 시련을 통과하고 나서야 비로소 콩은 콩일 수가 있었던 것. 그리고 그 과정에서 콩은 적잖은 도움 역시 받을 수 있었다. "햇빛 달빛과 새소리/왕피천 물소리와 동해 바람"이 그 조력자들의 명단이다. 콩알 하나는 비록 자그마하고 보잘것없지만, 그것이 단단해지기까지는 이런 든든한 배경과 후원이 있었던 것이다. 그러니 단순해 보이는 콩 한 알에는 우리네 인생사에 못지않은 "서정과 서사의 굴곡진 길"이 있음을 잊어서는 곤란하다. '콩'이라는 간결한 이름에서 "비록 짧지만 고소한 노래 한 곡"을 발견하는 시인의 남다른 눈썰미가 돋보이는 작품이다.

울진 금강송을 노래함

안도현

소나무의 정부(政府)가 어디 있을까?
소나무의 궁궐이 어디 있을까?
묻지 말고, 경상북도 울진군 서면 소광리로 가자
아침에 한 나무가 일어서서 하늘을 떠받치면
또 한 나무가 일어서고 그러면
또 한 나무가 따라 일어서서
하늘지붕의 기둥이 되는
금강송의 나라,
여기에서 누가 누구를 통치하는가?
여기에서 누가 누구에게 세금을 내는가?
묻지 말고, 서로가 서로를 다스리며 그윽하게 바라보자
지금은 햇빛의 아랫도리 짱짱해지고
백두대간의 능선이 꿈틀거리는 때,
보이지 않는 소나무 몸속의 무늬가
만백성의 삶의 향기가 되어 퍼지는 때,
우리 울진 금강송 숲에서
한 마리 짐승이 되어 크렁크렁 울자

안도현의 이 시에서 울진 금강송은 자기들끼리의 독립적인 나라를 이루고 있다. 금강소나무가 자라는 울진군 서면 소광리는 인간의 정부나 궁궐과 무관하게 자족적이고 독립적인 체제를 자랑한다(금강소나무로 유명한 서면은 2015년에 아예 면 이름을 금강송면으로 바꾸었다. 이곳 소광리는 황동규 시 「걷다가 사라지고 싶은 곳」에 나오는 지명이고, 울진 금강소나무숲길 제1구간의 종착지이기도 하다).

소나무들의 나라가 인간의 나라와 가장 크게 다른 점은 평등 이념의 구현에 있다. '정부'나 '궁궐'이라는 낱말들이 연상시키는 지배와 통치의 부정적인 어감들로부터 소나무들의 나라는 거리를 둔다. 이곳에서는 "누가 누구를 통치하"지도 않고 "누가 누구에게 세금을 내는" 방식도 아니다. 통치를 한다면 그것은 스스로를 다스리는 자치이고, 세금을 내면 그 돈은 고스란히 자신에게 되돌아온다. 국가와 정부란 것을 만든 이래 인간이 꿈꾸어 온 이상적인 형태가 바로 그런 것일 텐데, 인간이 못다 이룬 꿈을 울진 금강송은 구현하고 있다. 누구의 강요도 없이 저마다 스스로 일어서서 하늘을 떠받치는 금강송들의 나라는 자율과 책임의 모범을 보여준다.

그런 금강송을 보고 배우자는 것이 시인의 제언이다. "보이지 않는 소나무 몸속의 무늬가/만백성의 삶의 향기가 되어 퍼지는" 일이란 백성인 우리가 금강소나무의 모범적인 정치를 배워서 우리 사는 이곳을 이상사회에 가깝게 만드는 것을 가리킨다. 사람인 우리가 울진 금강송 숲에서 "한 마리 짐승이 되어 크렁크렁 울자"는 권유인즉, 인위의 왜곡에서 벗어나 본연의 자연에 가까운 정치를 회복하자는 제안이라 하겠다.

둘게삼

남효선

내 어렸을 적 외할미는
안마루에 등잔불 지펴놓고 둘게삼을 삼으셨다.
동리 할매들이 일찌감치 저녁밥 해 드시고 삼 양푼이를 들고
해거름이면 모여드셨다.
더러 늦은 겨울밤 할매들은 김장김치와 노오란 조밥을 양푼
이 가득 담아
서걱서걱 살얼음 씹히는 짠지를 손으로 줄줄 째며 겨울밤을
나셨다.
크고 작은 동네 사건들이 행여 사랑방으로 번질까 사각사각
무르팍 비비는 소리만 문풍지를 흔들었다.
평생 치마폭으로 여며 온 할매의 속살이 이맘때면
등잔불 아래 눈처럼 드러났다.
무릎을 세워 긴긴 동삼을 지나 온 할미의 무릎
눈부신 쪽빛이었다.
안마루를 쭉 둘러앉아 할매들의 둘게삼은 물속처럼 투명한
속살 빛으로
자식을 기르고 집안을 일으켰다.
누르면 꼭 터질 것 같은
그러나 영 매끌매끌한 할매의 속살
홍시를 따면서
늦가을 볕에 쨍하고 투명한 할미의 속살이

나뭇잎 없는 하늘을 떠받치고 있다.

'둘게삼'이라는 제목부터가 낯선 느낌으로 다가오는 작품이다. '둘게삼'은 표준국어대사전에도 올라 있지 않은 말. 지은이 남효선 시인의 설명에 따르면 울진을 비롯한 경상도 북부 지방 아낙들 사이에 전해 내려온 길쌈 노동 관행이라고 한다. "비슷한 연령층의 아낙들이 한 곳에 모여 삼을 삼는 행위"를 이르는 말인데, 상호부조의 두레노동 성격을 지닌다. 그러니까 '둘게'라는 말은 '두레'의 변형일 것으로 짐작된다. 『한국민족문화대백과사전』 '길쌈노래' 편 집필을 맡은 국문학자 조동일 교수 역시 이런 노동 행위를 두레삼 또는 둘게삼이라 한다고 설명한다.

시의 화자는 어릴 적 보았던 외할머니의 둘게삼 노동을 회상한다. 동리 할매들은 해거름이면 외할머니댁 안마루에 모여 앉아 삼을 삼고, 때로는 늦은 겨울밤 조밥에 김장김치를 찢어 먹는 밤참을 즐기기도 했다. 노동은 고단한 것이기에 할매들은 "크고 작은 동네 사건들"을 입에 올리는 것으로 고단함을 상쇄하기도 했지만, 그럴 때에도 남자 어른이 기거하는 사랑방까지는 말소리가 건너가지 않도록 조심하고는 했다.

이 시에서 이채로운 것은 어린 화자가 "할매의 속살"에 특히 주목한다는 사실이다. 전통 사회에서 여성의 속살이 겉으로 드러나는 것은 흔한 일이 아니어서, 어린 외손주조차도 할머니의 속살을 접할 기회는 많지가 않다. 그렇게 모처럼 엿본 할매의 속살은 "눈부신 쪽빛"이고 "누르면 꼭 터질 것 같은/ 그러나 영 매끌매끌한" 느낌이다(짙은 푸른빛을 뜻하는 '쪽빛'은 보통 하늘이나 바다를 형용할 때 쓰이는 말인데, 할머니의 무릎이 쪽빛이었다는 것은 착시이거나 기억의 왜곡인 것일까). 할머니 무릎의 색채와 느낌은 둘게삼을 상징하기도 한다. "물속처럼 투명한 속살 빛으로/자식을 기르고 집안을 일으"킨 것이 곧 할머니의 무릎이요 둘게삼인 것이다. 유년기의 아련한 기억을 통해 전통 농촌 사회 여성 노동의 고달픔과 소중함을 노래한 작품이다.

석호*

세월이 간다는 것은 사람도 따라가는 것이다
외로움도 오래 묵으면 양분이 될 수 있다는 걸
외조부모 벌써 떠난 빈집에 와서
무릎 위 수북하게 자란 쑥대를 보며 깨닫는다

견디다 견디다 외로움이 쑥대밭이 되어버린 집
사람이 떠난다는 것은 냄새도 바뀌는 것이다
군불의 온기와 함께 빠져나간
밥 냄새와 찌개 잦는 냄새
토막 난 굴뚝 아래
쓸쓸한 궁기의 냄새를 따라온
어린 고양이들 눈빛만 처연하다

마음이 짠하지만 이 순간일 뿐
떠나버린 마음 속 빈자리를
아주 빠른 속도로
다른 것들이 점령해버리는 사람처럼
냄새 바뀐 빈자리는
이내 다른 생이 들어와 살아가는 것이다

남편을 앞세우고 홀로 남겨졌던

그녀의 헛헛한 속을 채우느라 제 속을
모두 비우고 쓰러진 됫병 뒹구는 마당 한켠
문짝 떨어진 통시 속 움츠린 햇살도
푸석하게 낡아버린 오후

그래도 때가 되면 저 혼자 피었다 지는
백일홍 나무가 서러워 다가서는 발걸음을
한사코 잡아채는 환삼덩굴이여
긴장한 고양이들의 낮은 울음소리여
살아 움직이는 낯선 부재의 모든 슬픔들이여

* 울진군 북면 바닷가 마을

이 시의 배경은 울진 석호의 버려진 빈집이다. 화자의 외조부모가 살다 떠난 이 집은 "견디다 견디다 외로움이 쑥대밭이 되어버린" 지경이다. 쑥대밭이란 "무릎 위 수북하게 자란 쑥대"를 가리키는 것만이 아니다. '매우 어지럽거나 못 쓰게 된 모양을 비유적으로 이르는 말'이라는 사전 뜻풀이에서 보듯 빈집 안팎의 풍경이 어지럽고 고약하게 된 것이다. "토막 난 굴뚝 아래/쓸쓸한 궁기의 냄새", "쓰러진 됫병", "문짝 떨어진 통시"는 폐가가 된 빈집의 풍경을 묘사하는 전형적인 세목들이다.

폐가를 만드는 일차적 동력은 시간이다. 시간이 지나면 "사람도 따라가"게 마련이다. 그렇다면 사람을 따라가는 것은 무엇? 이 시에서는 그것을 "냄새"로 파악한다. "사람이 떠난다는 것은 냄새도 바뀌는 것이다". "밥 냄새와 찌개 잦는 냄새"가 떠난 자리에 "쓸쓸한 궁기의 냄새"가 들어찬다. 그런데 그렇게 바뀐 냄새를 기반으로 살아가는 생명들도 있다. "냄새 바뀐 빈자리는/이내 다른 생이 들어와 살아가는 것"이어서, 빈집을 터전 삼는 어린 고양이들과 발길을 가로막는 환삼덩굴이 이 빈집의 새로운 주인 노릇을 하는 것이다. 그렇다면 시 마지막 행의 "살아 움직이는 낯선 부재"와 거기서 비롯된 "슬픔"이란 어디까지나 지나간 시간과 존재에 얽매인 화자의 주관적 관념과 감상인 것이 아닐까. "외로움이 쑥대밭이 되어버린 집"으로서는 옛 주인이 떠난 자리를 채워 주는 길고양이와 환삼덩굴이 새로운 동무나 혈육처럼 친근하고 소중할 수도 있지 않겠는가.

청포도

이육사

내 고장 칠월은
청포도가 익어가는 시절

이 마을 전설이 주저리주저리 열리고
먼데 하늘이 꿈꾸려 알알이 들어와 박혀

하늘 밑 푸른 바다가 가슴을 열고
흰 돛단배가 곱게 밀려서 오면

내가 바라는 손님은 고달픈 몸으로
청포(靑袍)를 입고 찾아온다고 했으니

내 그를 맞아 이 포도를 따 먹으면
두 손은 함뿍 적셔도 좋으련

아이야 우리 식탁엔 은쟁반에
하이얀 모시 수건을 마련해 두렴

이육사의 시 「청포도」는 모르는 이가 없을 정도로 유명하지만, 시의 배경과 정확한 의미를 둘러싸고 논란이 만만치 않은 작품이기도 하다. 우선 이 시의 무대가 어디인가부터가 논란 거리다. 이육사의 고향이 경북 안동 도산면 원천리이기 때문에 육사가 시에서 말한 "내 고장"이 바로 원천마을이라는 해석이 가능하다. 원천의 육사 생가 터에는 화강석으로 만든 일곱 개의 포도알 조형물 위에 육사의 얼굴과 시 「청포도」를 새긴 시비가 있다. 그런데 역사학자 도진순은 2017년에 낸 이육사 연구서 『강철로 된 무지개』에서 육사 당시에 안동 원천에서는 포도를 보기 힘들었다며, 이 시에서 노래한 '청포도'란 품종으로서의 청포도가 아니라 익지 않은 포도, 그러니까 풋포도를 가리키는 것이라는 주장을 펼친다. 그런가 하면 육사와 같은 안동 출신인 시인 안상학은 『수몰을 거슬러 역사를 사랑하는 마을 원천』(안동대학교 민속학연구소 편)이라는 책에 기고한 글 「이육사 문학과 고향 원촌마을」에서 옛 기록과 1980년대에 자신이 직접 채집한 육사 육촌동생의 증언, 그리고 글쓴이 자신의 어릴 적 기억을 근거로 육사의 고향 마을을 비롯한 안동 일원에서 오래전부터 청포도를 길렀으며 시 「청포도」는 청포도가 있는 육사의 고향 마을 칠월 풍경으로부터 빚어진 것이라고 보았다.

　　「청포도」의 배경을 놓고 육사의 고향을 상대로 '소유권' 다툼을 벌이는 곳이 같은 경북의 포항이다. 포항에는 호미곶에 「청포도」 시비가 있는 것을 비롯해 남구 동해면사무소에도 「청포도」 시비가 있고 남구 청림동에는 아예 청포도문학공원이 있어서 청포도 나무를 심어 놓았고 인근 주택 벽면에는 이육사의 얼굴도 그려 놓았다. 포항이 이렇듯 「청포도」를 챙기는 까닭은 일제강점기 당시 포항 남구 일원에 거대한 포도원이 있었고 육사 자신이 폐결핵 요양차 포항에 머무른 적이 있다는 전기적 사실,

그리고 육사의 친구였던 김대청이 당시 육사를 포도원으로 안내했다는 증언(『포항시사』 3)을 근거로 삼는다.

시 속에 나오는 "내가 바라는 손님"의 정체를 두고도 조국 광복의 날을 상징하는 것이라는 해석에서부터 육사의 항일 투쟁 동지였던 석정 윤세주를 가리킨다는 해석에 이르기까지 다양한 견해가 제출되어 있다. 참고로 육사 자신은 「청포도」의 배경 및 주제와 관련해 이렇게 말한 바 있다. "'내 고장'은 '조선'이고, '청포도'는 우리 민족인데, 청포도가 익어가는 것처럼 우리 민족이 익어간다. 그리고 일본도 끝장난다." 다양한 해석과 그 근거를 참고하되, 시 자체의 아름다운 이미지와 청신한 감각 그리고 세련된 리듬을 훼손하지 않는 독법이 필요하다 하겠다.

내 안에 구룡포 있다

김윤배

갯바람보다 먼저 구룡포의 너울이 밀려왔다
너울 위에 춤추던 열엿새 달빛이 방 안 가득 고인다
밤은 검은 바다를 벗어놓고
내항을 건너고 있었다
적산가옥 낡은 골목을 지나
밤은 꿈을 건지는 그물을 들고 있다

너는 구룡포였으니 와락 껴안아도 좋을 밤이었다

내항을 내려다보는 비탈에 매월여인숙은 위태롭다
해풍이 얼마나 거칠었으면 구룡포
올망졸망 작은 거처들을 열매로 매달고
어판장 왁자한 웃음들 꽃으로 피웠을까
켜지지 않은 집어등 초라한 배경 위에
구룡포 잠시 머물다 떠난
사람들 아름다워 목이 메었던 것이다

너는 구룡포였으니 와락 껴안아도 좋을 웃음이었다

김윤배의 이 시는 권선희 시인의 시집 『구룡포로 간다』, 특히 그 안에 실린 시 「매월여인숙」에 크게 빚지고 있다. 김윤배는 어느 글에서 권선희 시인의 '구룡포' 연작을 언급하며 "나는 「매월여인숙」 한 편으로 그의 독자가 되기로 했다"라고 밝힌 바 있다. 그는 이어서 쓴다. "매월여인숙은 구룡포 어디쯤, 아니 동해안 그 많은 포구 어디쯤 소리 없이 낡아 가고 있는, 그리하여 조금은 쓸쓸하고 애잔한 기억을 되살리게 하는 숙박업소일 것이다."

매월여인숙이 그러하듯 이 숙박업소를 품고 있는 구룡포 역시 화려함이나 은성함과는 거리가 멀다. "적산가옥 낡은 골목", "내항을 내려다보는 비탈", "올망졸망 작은 거처들" 같은 구절들은 구룡포와 매월여인숙의 낡고 초라한 형편을 능히 짐작하게 한다. 그렇지만 이 남루한 공간에도 사랑과 꿈은 깃든다. 구룡포 바다의 너울이 "춤추던 열엿새 달빛"을 "방 안 가득" 부려 놓고, "검은 바다를 벗어놓"은 밤이 "꿈을 건지는 그물을 들고 있"는 것을 보라. 별도의 연으로 처리된 돌출적인 한 행, "너는 구룡포였으니 와락 껴안아도 좋을 밤이었다"는 이런 세팅이 있었기에 자연스럽게 다가오는 것이다.

거칠고 쓸쓸한 환경이 반드시 어둡고 부정적인 정조를 수반하는 것은 아니다. 구룡포의 거친 해풍이 강요한 "올망졸망 작은 거처들"은 "열매"에 비유되고, 어판장의 시끄러운 웃음은 "꽃"에 견주어지지 않겠는가. "켜지지 않은 집어등"은 가뜩이나 남루한 공간에 초라함을 더하지만, 그것을 배경 삼아 화자는 "잠시 머물다 떠난/사람들"의 아름다움을 떠올리고 먹먹해하는 것이다.

그런데 마지막 별행 연에 다시 등장하는 '너'의 정체는 무엇일까. 아마도 구룡포처럼 낡고 초라하지만 그래서 더욱 애잔한 마음을 불러일으키는 누군가가 아니겠는가.

구룡포 사랑

어디로 흘러가는 것이냐.
스무 살 어린 나이에 너무 많은 곳을 떠돌아다녀
진 데 마른 데 가리지 않고 몸을 던져
하다못해 천방지축 개망초꽃으로도
피어나지 못한 채
이제 다시 어디로 흘러가는 것이냐.

돌아보면 어디에서나
소주 몇 잔에도 벌써 젖가슴을 더듬는
몸과 마음이 허한 사내들
이 몸을 기다리는데
해당화 하염없이 피어나는 밤을 지나
이제 다시 어디로 흘러가는 것이냐.

송기원의 이 시는 그의 또 다른 시 「살붙이」를 떠오르게 한다. 늙은 창녀의 독백으로 이루어진 작품인데, 길지 않은 전문이 이러하다. "나이가 마흔이 넘응께/이런 징헌 디도 정이 들어라우./열여덟 살짜리 처녀가/남자가 뭔지도 몰르고 들어와/오매, 이십 년이 넘었구만이라우./꼭 돈 땜시 그란달 것도 없이/손님들이 모다 다 남 같지 않어서/안즉까장 여그를 못 떠나라우./썩은 몸뚱어리도 좋다고/탐허는 손님들이/인자는 참말로 살붙이 같어라우." 아마도 「구룡포 사랑」의 스무살 화자가 이십 년을 더 그렇게 산 뒤에 하는 말이 시 「살붙이」가 되지 않았을까. 그만큼 두 시는 긴밀한 조응 관계에 놓여 있다.

「살붙이」의 화자가 이미 자신의 신산한 삶과 화해하고 해탈에 가까운 태도를 보인다면, 「구룡포 사랑」의 젊은 화자는 아직 방황과 회의를 완전히 떨쳐내지는 못한 상태다. "스무 살 어린 나이에 너무 많은 곳을 떠돌아다녀"라는 구절에서 보듯 그는 나이에 비해서는 많은 경험과 상처를 지닌 인물이다. "하다못해 천방지축 개망초꽃으로도/피어나지 못한" 자신의 처지에 대한 회한과 원망도 없지 않다. 그럼에도 그는 어디선가 자신을 기다리고 있을, "몸과 마음이 허한 사내들"을 아주 외면하지는 못한다. "이 몸을 기다리는데"라는 구절은 어쩐지 그들을 향한 안쓰러움과 미련을 담은 것처럼 들린다.

송기원의 이 두 시에 대해서는 페미니즘의 관점에서 비판할 여지도 없지 않다. 성의 상품화를 문제 삼기는커녕 오히려 낭만적으로 미화한다는 것이 그 비판의 핵심일 것이다. 그런 비판은 그것대로 새겨 두되, 예술가와 창녀의 관계에 관한 조금 다른 견해에도 귀를 열어 보자. 『문학과 예술의 사회사』라는 책으로 잘 알려진 아르놀트 하우저가 바로 그 책에서 한 말이다. 그는 "창녀에 대한 동정은 데카당과 낭만파에 공통된 것"이며 더 나아가 "창녀는 예술가의 쌍둥이"라고까지 말한다. "창녀는 격정의 와중에도 냉정하고, 언제나 자기가 도발한 쾌락의 초연한 관객이며, 남들이 황홀해서 도취에 빠질 때에도 고독과 냉담을 느낀다"는 점에서다. 송기원만이 아니라 선배 문인인 이상, 그리고 프랑스 화가 툴루즈 로트렉 등이 창녀에게 보인 애정과 관심을 어느 정도는 이해할 수 있지 않을까.

미당이 구룡포 가서

이시영

　동해 쪽빛 바다에 봄 파도 밀려올 제 구룡포 바람받이 언덕에 쏴아쏴아 보리 물결 부서지는 것 일품이었다. 물회집 들창 너머로 이 광경을 이윽히 지켜보던 서정주 영감 왈 "내 이담에 필시 이곳에 와 집 짓고 살 것인즉 땅 나면 꼭 알려주소." 하였것다. 몇 달 뒤 부지런히 들락거리며 땅 나기를 알아본 늙은 문학청년이 선생께 전화를 드렸다. "선생님, 구룡포 대보면 언덕에 좋은 땅이 났습니다요. 어찌 잡아둘까요?" 그러나 스승은 영 딴전이었다. "아아 내가 언제 그런 말 한 적이 있었던가 이 사람아. 자네 바닷바람에 마신 소주가 좀 과하셨나보구먼그려!"

미당 서정주는 친일과 친독재 행적으로 오점을 남겼지만, 특출난 언어 감각으로 아름다운 시를 쓴 시인임에는 틀림이 없다. 학교에 재직하며 많은 제자를 길러내기도 한 그는 생전에 다채로운 일화를 남기기도 했다. 이시영 시인의 시 「미당이 구룡포 가서」는 그 일화 가운데 하나를 다룬 작품이다.

이시영 시인은 짧은 산문 형식에 문단 선후배·동료들의 일화를 이야기처럼 들려주는 시를 여럿 쓴 바 있다. 그의 시에 등장하는 문인들은 문인 특유의 엉뚱한 개성과 인간적 약점을 아울러 지닌 모습으로 그려져서 읽는 이로 하여금 싱긋 웃음을 깨물게 한다. 「미당이 구룡포 가서」가 수록된 시집 『은빛 호각』(2003)에 특히 그런 작품들이 많이 들어 있는데, 이 시의 주인공인 미당 역시 마찬가지다. 이 시에서 미당은 어느 해 포항 구룡포 물회집 창 너머로 청보리가 물결처럼 부서지는 풍경에 혹해서는 동석했던 그 지역의 "늙은 문학청년"에게 신신 당부한다. 나중에 반드시 이곳에 와서 집을 짓고 살 것이니, 땅이 나면 알려달라고. 몇 달 뒤 아닌 게 아니라 맞춤한 땅이 났다는 사실을 알게 된 늙은 문학청년이 미당에게 전화해서 상황을 알리자, 미당의 대응이 뜻밖이다. 자신은 그런 말을 한 적이 없는데, 웬 소리냐는 것이다. 오히려 전화를 걸어 온 늙은 문학청년이 당시 "바닷바람에 마신 소주가 좀 과하셨"던 게 아니냐는 것. 진실인즉, 당연히 미당이 그런 말을 해놓고는 이제 와서 잡아떼고 있다는 것일 텐데, 서로가 잘 알고 있는 사실을 모르는 척 잡아떼는 미당의 능청과 의뭉스러움이 눈에 보일 듯 선하다. 미당 특유의 "아아" 하는 허두는 이시영 시인 자신의 성대모사로 직접 들어야 그 맛을 느낄 수 있다. 참고로, 이 시에 나오는 "늙은 문학청년"은 지난 시절 포항 문단을 이끌었던 동화작가 겸 소설가 고 손춘익이라고 포항과 경북 지역 문인들은 증언한다.

구룡포

이원규

온 밤을 걸어서 왔다
도대체 입 다문 구룡포
아무리 몸부림치며 일어서려 해도
파도는 파도일 뿐
돌아누운 방파제 앞에서 서러운 것을
어디 한두 번 태풍이 인다고
쉬 폐항이 될까마는
못다 한 속울음
뭍으로 뭍으로 달려와 통곡해도
도대체 구룡포는 말이 없다
깜빡등 등대 하나 켜 두고
먼바다 오징어배를 기다리며
소주를 마시는 구룡포
갈매기섬에서 온 편지를 읽으며
제 스스로 한 점 섬이 되고픈 것일까
해돋이를 기다리다 문득
회오리치며 비상하는 갈매기 떼들을 보는
숙취의 구룡포 앞바다
오늘 아침은 또 속이 쓰리다

이 시에는 등장인물(?)이 셋 나온다. 파도, 구룡포, 그리고 생략된 주어 '나'가 그 셋이다. 우선 파도. "아무리 몸부림치며 일어서려 해도", "뭍으로 뭍으로 달려와 통곡해도"의 주체가 파도다. 수면 위로 몸을 일으켜 세운 채 뭍을 향해 달려들 때 파도의 기세는 씩씩하고 거침이 없다. 그러나 그것은 파도가 아직 바닷물 위에 올라서 있을 때의 이야기일 뿐, 일단 방파제나 뭍에 닿는 순간 파도는 허무한 물거품만 남긴 채 스러질 운명이다. "돌아누운 방파제 앞에서 서러운" 것이 파도의 신세.

다음으로 구룡포. 그런 파도의 몸부림과 호소를 보면서도 "도대체 구룡포는 말이 없다". 냉정한 연인 같다. 유치환의 시 「그리움」이 생각난다. "파도야 어쩌란 말이냐/파도야 어쩌란 말이냐/임은 뭍같이 까딱 않는데/파도야 어쩌란 말이냐/날 어쩌란 말이냐"(「그리움」 전문). 입을 다문 채 '도대체' 말이 없는 구룡포의 침묵이 이 시의 주제다. 파도는 그 침묵을 깨고자 끝도 없이 제 몸을 부딪쳐 오지만, 소용이 없다. 구룡포는 소주를 마실 뿐이다.

사실 소주를 마시는 것은 구룡포가 아니라 숨은 주어 '나'다. 그는 "온 밤을 걸어서" 구룡포에 왔고, "깜빡등 등대 하나 켜"진 그곳에서 "먼바다 오징어배를 기다리"는 척 소주를 마신다. 해돋이를 기다리다가 갈매기의 비상을 보고, 숙취로 쓰린 배를 움켜잡는 이 역시 구룡포가 아니라 '나'다. 숨은 화자 '나'는 구룡포와 자신을 동일시하는 것.

이원규 시인은 '지리산 폭주족'이라는 별명을 지닌 이다. 지리산 자락 구례와 하동에서 지내다가 지금은 섬진강 건너 광양에 사는 그는 오토바이를 타고 지리산 일대는 물론 전국을 거침없이 오가며 시를 쓰고 사진을 찍는다. 그런 그가 어느 해인가는 오토바이로 지리산을 출발해 동해안 구룡포까지 왔던 모양이다. 그때 달렸던 해안 길이 마음에 들었던지 그는 이렇게 썼다. "(울산)정자해수욕장에서부터 감은사지가 있는 경주 감포와 포항 구룡포를 잇는 해안도로는 아름답다 못해 눈동자가 다 파래질 정도다. 섬진강변 19번 국도 혹은 861번 지방도와 더불어 내 몸속 깊숙이 문신처럼 새겨진 구절양장의 길이다."

영일만

강영화

1
영일만에서 십 년을 살았는데
수평선을 바라본 건 단 한 번이었어.
얼마나 멀리 있는지,
어쩌면 그렇게 아스라하기만 했었는지
차마 떠나지 못할 길을
망설이듯 서성일 때,
바다가 내민 혓바닥은
내 발가락 사이를 헤집어
찰부랑차풍 나는 마냥 뛰며 놀았지.

희디흰 삿갓조개,
무지개 피우는 비단조개,
별빛 반짝이는 홍합이며
젖먹이 엄마 가슴 같은 고동에 담아
집으로 돌아오는 어스름이면
바다는 내 품에 있었어.

책상머리에 둔 바다는
한 번 본 수평선에 묻고,
가없는 꿈을 꾸다가

영일만은 수평선도 없이
까무룩 귓전에 다가와
깊숙이 숨소리를 묻고

나는 떠났어.
수평선에 걸린 바다와
색색의 조개와, 고동과
그리고
영일만과

2
수평선만 있는 바다에 갔었어.
바다는 없어지고
바다가 없으므로
명사십리 모래톱
톱니로 처박힌 구두짝,
챙이 없는 나이키 모자

젖히고 뒤집어 털어도
비단조개 숨구멍은
어디에도 없었어.

그런데도 바다라고
아직도 바다인 줄 알고

저년은 제 모가지에
새빨간 스카프 두르고
마파람에 날리는 꼬라지하곤
막 잘라낸 귀두의 수술,

저녁 바다가 울고 있었어.
하냥없는 눈물,
눈물이 흘러 바다가 되는 꿈.
수평선에 눈물이 닿으면
바다가 되는 꿈

3
그러고 보니
곳곳에서 사람들이 울고 있었어.
죄다 발목을 자르고
모래톱에 떠 있는 물새 떼

아마 내년쯤에는

뿌리가 내리고 자랄지도 몰라.
아마 바다는 십 년도 못 가서
숲이 되고 눈 먼 청어 한 마리
낙엽으로 떨어질지도 몰라.

그래. 내 책상머리에 잠든 바다
깨워 올게. 깨워서
이번엔 나를 바라보게 할 거야.
수평선이 된 나를
네가 바라본 나를
죽어라 바라보게 할 거야.

해를 뜨게 한다면 더 좋겠지.
갈매기도 몇 마리 날릴 거야.
바람 몇 가닥 널어 두면 어떨까?
네가 가져간 바다도 오겠지.
긴 혓바닥 넘실거리며
네 발가락 내 발가락
꺄득이는 바다도 오겠지

그렇지? 영일만,

이 오랜 친구야.

이 시는 유토피아의 상실과 회복이라는 주제를 극적인 구조에 담아 노래한다. 바다와 한 몸이 되어 뛰놀았던 유년기의 기억(과거), 그 바다의 상실(현재) 그리고 잃어버린 바다를 되찾으려는 의지와 꿈(미래)을 세 부분으로 나누어 그렸다.

"희디흰 삿갓조개,/무지개 피우는 비단조개,/별빛 반짝이는 홍합이며/젖먹이 엄마 가슴 같은 고동에 담아/집으로 돌아오"던 유년기의 기억 속에서 바다와 '나' 사이에는 거리가 없다. "바다가 내민 혓바닥은/내 발가락 사이를 헤집"었고 "찰부랑차풍 나는 마냥 뛰며 놀았"다. '찰부랑차풍'이라는 의성어는 사전에 없는 말인데, 걱정 없는 어린아이가 물속에서 해맑게 두 발을 구르며 뛰놀 때 나는 소리를 절묘하게 포착했다. 같은 시의 말미에 나오는 동사 '꺄득이는'과 함께, 시인이란 모국어에 새로운 어휘를 만들어 보태는 이라는 사실을 새삼 알게 한다.

시의 제1장 중 "책상머리에 둔 바다"라는 표현에서는 벌써 바다와 화자 사이의 거리가 느껴진다. 그는 결국 떠난다. "수평선에 걸린 바다와/색색의 조개와, 고동과/그리고/영일만과"라고 쓸 때, 격 조사 '와(과)'는 어쩐지 어떤 행동을 함께 한다는 뜻과 함께 떠남의 대상을 가리키는 목적격처럼 읽히기도 한다. 그러니까 '나'는 바다와 조개와 고동과 영일만과 함께 떠났다는 뜻과 함께 그것들로부터 떠났다는 뜻으로도 새겨지는 것이다.

결국 "바다는 없어지고", "저녁 바다가 울고 있"는 것이 현재의 상황이다. "하냥없는 눈물,/눈물이 흘러 바다가 되는 꿈./수평선에 눈물이 닿으면/바다가 되는 꿈"이라는 대목은 바다의 실종과 바다의 슬픔을 그리고 있지만, 동시에 그 슬픔의 힘으로 잃어버린 바다를 되찾을 수 있으리라는 기대 역시 드러낸다. 눈물이 흘러 바다가 된다는 건 요원하기 이를 데 없는, 몽상과도 같은 사태겠지만, 그런 불가능한 꿈이 모여서 가능성으로 몸을 바꾸기도 하는 것이다.

시는 바다를 되살리고자 하는 화자의 각성과 행동으로 나아
간다. "내 책상머리에 잠든 바다/깨워 올게"라고 그는 '너'에게
약속한다. '너'는 누구인가. 시의 마지막 두 행을 보라. "그렇
지? 영일만,/이 오랜 친구야." 최백호의 〈영일만 친구〉는 영일
만에 살며 돛단배로 바다를 내달리는 "어릴 적 내 친구"를 노래
하지만, 이 시에서는 영일만 자체가 "오랜 친구"로 등장하는 것
이다.

매월여인숙

나 오늘 기필코
저 슬픈 추억의 페이지로 스밀라네
눈 감은 채 푸르고 깊은 바다
홍어기 가장 중심으로 들어가
목단꽃 붉은 이불을 덮고
왕표연탄 활활 타오르는
새벽이 올 때까지
은빛다방 김양을 뜨겁게 품을라네
작은 창 가득
하얗게 성에가 끼면
웃풍 가장 즐거운 갈피에 맨살 끼우고
내가 낚은 커다란 물고기와
투둘투둘 비늘 털며
긴 밤을 보낼라네

포항 구룡포가 시인들 사이에 폭발적인(!) 인기를 끌게 된 데에는 권선희 시인이 역할이 크게 작용하지 않았을까. 선배 시인 김윤배가 「내 안에 구룡포 있다」라는 시를 쓰기까지에는 권선희 시인의 이 시 「매월여인숙」이 결정적인 기여를 했다. 이 시가 실린 권 시인의 첫 시집 『구룡포로 간다』(2007)는 '시로 기록한 구룡포 다큐멘터리'라는 평을 들을 정도로 구룡포의 이모저모를 살뜰하게 담았다. 당시 이 시집을 낸 출판사의 편집장이었던 함순례 시인이 역시 구룡포를 무대로 삼은 시 「강덕기 여사」를 쓴 것도 권선희 시인의 영향이라고 보아야 할 것이다. 강원도 춘천 출신으로 서울에서 대학을 다닌 시인이 뒤늦게 구룡포에 정착해 살며 '구룡포 시인'이라는 별칭을 얻기에 이른 세월이 결코 만만하지는 않았을 터. 자신이 두 발 딛고 선 삶의 터전을 애정으로 관찰하고 그와 하나가 되려는 열정과 노력이 '구룡포 시인' 권선희를 낳았을 것이다.

그의 구룡포 연작을 대표하는 이 시 「매월여인숙」은 "흉어기(의) 가장 중심"에 놓인 구룡포의 풍경 한 자락을 들춰 보인다. 고기잡이를 생업의 핵심으로 삼는 바닷가 마을에서 흉어기란 불모와 무위의 다른 이름이다. 그렇게 생업을 잃은 어부 가운데 한 사람일 '나'는 그러나 흉어기를 활용할(?) 다른 계획을 세운다. 아마도 그가 숙소 삼아 장기 투숙하는 매월여인숙에서 "은빛다방 김양을 뜨겁게 품"겠다는 것이다. "목단꽃 붉은 이불을 덮고/왕표연탄 활활 타오르는/새벽이 올 때까지" 그와 김양이 뿜어낸 뜨거운 숨결로 여인숙 작은 창에는 성에꽃이 가득 필 것이다. 그러할 때, 비록 고기잡이는 나가지 못했지만, 여인숙 허름한 방에서 "내가 낚은 커다란 물고기"는 비늘을 파닥이며 청어 같은 생명력을 과시하지 않겠는가. 어부는 고기잡이를 쉬지 않는다!

강덕기 여사

함순례

좁은 부엌에서 느릿느릿 국수를 삶는다
생선 몇 토막 손질하고
콩나물도 씻으면서 덜그럭 소리도 내지 않는다
방금 전까지 누워 있던 마루방
벽면에 걸린 자잘한 사진들이
파랑의 세월을 풀어내고 있다
거센 파도를 낚고 있는 사내
뜨거운 젖 한 입 가득 문 돌배기
파리똥 앉은 액자에 눌려 있다
살붙이는 다 어디로 떠났을까
구룡포 시장 바닥에서 사십 해, 국수 삶을 때마다
답답한 속 풀듯 생선과 콩나물 섞어
뭉친 국수 가닥가닥 흔들었으리라
이제는 손님 들까 말까 한 식당 문에 기대어
저물어 가는 포구나 하염없이 바라보는 팔자지만
감척어선 풀어놓고 출렁이는
눈매, 아직 고웁다

이 시의 제목이 된 강덕기 여사는 구룡포 시장 골목의 모리국수집 '모정식당'의 전 주인. 그이는 몇 해 전 타계하고 지금은 며느리가 가업을 이어 식당을 운영하고 있다. 모리국수란 물메기 등 생선과 해물 등을 넣고 얼큰하게 끓인 칼국수의 일종. 구룡포의 어부들이 해장 삼아 즐겨 먹는 음식이라고 한다.

인터넷에서 검색해 보니 「강덕기 여사」의 무대인 식당에는 이 시를 멋들어지게 프린트한 천이 한쪽 벽에 붙어 있다. 시에서 그린 대로 좁고 허름한 식당이어서 탁자도 두어 개뿐으로 단출해 보인다. 그 좁고 허름한 공간에서 국수를 끓여 내는 강덕기 할머니의 노동, 식당 벽면에 걸린 액자 사진들이 말해 주는 할머니의 지난 세월, 그리고 쇠락한 포구의 스산한 풍경이 한 프레임 안에 들어와 있다.

이 시를 읽는 데 특별한 독법이 필요하지는 않다. 좁은 식당 안에서 시인이 일러 주는 대로 시선을 옮기면 될 일이다. "벽면에 걸린 자잘한 사진들"에는 지금은 그 공간에 없는 할머니의 살붙이들이 보인다. "거센 파도를 낚고 있는 사내/뜨거운 젖한 입 가득 문 돌배기"……. 이들은 다 어디로 떠나고 할머니 혼자 식당을 지키는 것일까. 사십 년 세월 시장 바닥에서 국수를 삶아 오는 동안 노동의 고단함과 세월의 팍팍함이 할머니라고 비껴가지는 않았을 터. 그럴 때마다 할머니는 "답답한 속 풀듯 생선과 콩나물 섞어/뭉친 국수 가닥가닥 흔들었으리라". 어부들에게 해장 국수를 제공하면서 할머니 역시 속을 풀었으리라는 짐작이 그럴듯하다. 시 말미에 나오는 "저물어 가는 포구"와 "감척어선"은 지금 할머니의 처지가 구룡포와 다르지 않다는 사실을 알게 한다. 쇠락의 운명이라는 점에서 그러한데, 그럼에도 "눈매, 아직 곱다"라는 시의 마지막 행은 저무는 일의 아름다움에 대한 긍정으로 뻐근하다.

전어 떼

손창기

미끈한 목질로 헤엄쳐 가는 흰 근육들
본다, 해 질 녘 격렬히 산란하는 나무를
떼를 지어 몰려와 여남 바다 끝자락에서
전어와 동시에 방사하는 이팝나무를
나무에서 물고기를 찾는 늙은 어부는
어스름 정겹게 핀 꽃차례가 뿌연 정액처럼 보인다
가슴 짜릿해지는 꽃구경이다
배 안에다 물을 채워 둔다
노인이 몸에 가득 채우고 싶은 건
오래전에 피어난 꽃 냄새란다
십 남매도 모자라 늦둥이 줄줄이 낳고 싶은 거란다
전어와 나무, 몸이 잇닿아 있는 동안은 출항이다
힘 다 쏟아내는 분분낙화, 회유하는 때가 온 거란다
노을빛 등지느러미 지닌 전어 떼,
어둠을 잠시 밀어낸다
나무에서 보랏빛 도는 알이 부화한다
태어나는 순간
생 이전의 냄새를 등에 지고 다닌다

164

포항 환호공원 위쪽 여남 바갓가에는 오래된 이팝나무가 있다. 오래전 어부들은 이 나무에 꽃이 피면 전어가 몰려오고, 꽃이 만개하다가 지기 시작하면 전어가 빠져나가는 것으로 파악했다고 한다. 지금이야 첨단 기계의 도움으로 물고기가 몰려오고 물러가는 움직임을 파악하지만, 기계의 도움을 받기 전에는 이팝나무의 개화와 낙화가 출어 시기를 정하는 데 요긴했겠다.

손창기의 이 시에서 전어와 이팝나무는 동일한 생체 리듬을 지닌 것으로 파악된다. 물고기는 나무처럼 묘사되고 나무는 물고기의 생리를 보인다. "미끈한 목질"은 이팝나무가 아니라 전어의 몸체를 묘사하는 표현이고, "산란하는"과 "방사하는"은 전어의 수정 과정이 아닌 이팝나무의 개화를 가리키는 말들이다. 이렇듯 물고기와 나무의 생리가 하나처럼 작동할 때, "나무에서 물고기를 찾는 늙은 어부"를 엉뚱하고 어리석다고 하기는 어려운 노릇이다. '연목구어'라는 사자성어는 도저히 불가능한 시도를 가리키는 말이지만, 이 시에서만큼은 사정이 다르다.

늙은 어부가 이팝나무의 개화를 보며 출어 시기만 가늠하는 것은 아니다. 나무의 개화와 물고기의 수정은 늙은 어부 자신의 몸 안에서도 비슷한 생리적 충동을 촉발한다. 노인이 "오래전에 피어난 꽃 냄새"로 제 몸을 가득 채우고 싶어 할 때, "십 남매도 모자라 늦둥이 줄줄이 낳고 싶"다고 마음먹을 때, 그는 회춘의 욕동에 들려 있는 것이다. 그렇다면 전어 떼가 "어둠을 잠시 밀어"내고 "나무에서 보랏빛 도는 알이 부화"할 때, 노인의 몸 역시 회춘과 신생의 기대로 들썩이지 않겠는가.

오어사

이소연

아시다시피 똥물고기를 낳은 원효와 혜공은 물이 되어 흘러
갔다 처음 배운 물고기의 유영조차 잊어버렸는지도 모른다 오
어사의 연못은 장엄하게 예뻤으니까

구름사다리를 잘 알고 똥물고기를 잘 아는 저녁이 올 때
나는 그저 멍하니 물고기나 낚아볼까 물비늘 싱거워진 못에
손이나 씻어볼까

내가 낮에 다녀온 원효암에는 원효가 없다 원효는 연못 아래
에서 배회한다, 허연 물 기침이 사위를 더욱 어둡게 만들어간다
이곳에는 불경이 없다 목탁이 없다

팔월인데도 연못의 물이 차고 넘친다 오어사의 물고기가 차
고 넘친다 물속이 파랑처럼 깊다

오어사는 무료하기 짝이 없다, 그러나 나는 물벼락에 몸을
씻고, 머리를 감고, 물거울에 참회 젖은 원효를 생각한다

물 위에 삿갓을 쓰고 있는 원효가 나를 뚫어지게 바라본다

나는 미끄러운 공포에 젖었다, 그날 밤 물의 꿈이 와서 내게

물고기 비늘을 입힌다 비린내가 집요하게 달라붙는다

연륜이 웬만큼 있는 절들은 이런저런 창건 설화를 거느리고 있다. 그중에서도 재미있기로는 오어사의 이름에 얽힌 설화가 으뜸이 아닐까 싶다. 신라의 고승 원효와 혜공이 이곳에서 법력 대결을 펼쳤다고 한다. 대결 종목인즉, 계곡에서 물고기를 잡아먹고는 그렇게 먹은 물고기를 산 채로 변으로 내보내는 것이었다고. 과연 두 고승이 물고기를 먹은 뒤에 나란히 물고기를 몸 밖으로 내보내는 데까지는 성공했는데, 그중 한 마리는 힘차게 헤엄쳐서 물을 거슬러 올라간 반면 다른 한 마리는 죽은 채 물에 떠내려갔다는 것. 두 고승이 서로 산 물고기가 제 물고기라고 하였다는 설화에서 '나 오(吾)' 자에 '고기 어(魚)' 자를 써 절 이름 오어사가 유래했다는 이야기다.

오어사의 절묘한 입지와 수려한 풍광 그리고 이름에 얽힌 이런 재미난 이야기는 숱한 시인·묵객들의 발길을 끌었다. 황동규의 시 「오어사에 가서 원효를 만나다」, 백무산 시 「오어사에서」 등이 그 흔적의 일부인 셈인데, 젊은 여성 시인 이소연 역시 「오어사」라는 시에서 원효와 혜공의 설화를 다룬다. 오어사에는 원효의 이름을 지닌 부속 암자도 있지만 당연히 그곳에는 원효가 없다. "아시다시피 똥물고기를 낳은 원효와 혜공은 물이 되어 흘러갔"으니까. 연못은 예쁘고 그 연못에 "물고기가 차고 넘"쳐도, "오어사는 무료하기 짝이 없다". 그곳에 원효가 없기 때문이다.

그러나 화자가 "물벼락에 몸을 씻고, 머리를 감고, 물거울에 참회 젖은 원효를 생각"하는 사이—그러니까 물과의 접촉을 늘려 가는 사이—그는 점점 더 원효에게 다가가게 되고, 마침내 "물 위에 삿갓을 쓰고 있는 원효"를 대면하기에 이른다. 그런데 그렇게 찾아 헤매던 원효를 막상 마주친 그가 "미끄러운 공포에 젖"은 것은 무엇 때문일까. 그날 밤 자신이 꿀 꿈을 예상했기 때문이 아닐까. 물의 꿈이 그에게 와서 물고기 비늘을 입히고 비린내가 집요하게 달라붙는다는 꿈의 의미란 무엇이겠는가. 그가 물고기로 바뀌는 것이고, 그렇다면 그다음 차례는 물고기인 그가 원효에게 잡아먹히고 그의 변이 되어 다시 세상에 나와서는 오어사 연못을 헤엄치는, 윤회전생의 무한한 사슬이 아닐 것인가. 오어사 탄생 설화의 현대적 변용을 여기서 만날 수 있다.

강문숙, 독도에서는 갈매기도 모국어로 운다 _ 합동 시집 『은행나무 신전』(시와에세이, 2014)

강영화, 영일만

권경인, 죽변항에서 _ 『변명은 슬프다』(창비, 1998)

권선희, 매월여인숙 _ 『구룡포로 간다』(애지, 2007)

김동원, 구계항 _『깍지』(그루, 2016)

김명기, 석호 _ 『북평 장날 만난 체 게바라』(문학의전당, 2009)

김명인, 너와집 한 채 _ 『따뜻한 적막』(문학과지성사, 2006)

김윤배, 내 안에 구룡포 있다 _ 『바람의 등을 보았다』(창비, 2012)

김은경, 감은사지 가는 버스 _ 『우리는 매일 헤어지는 중입니다』(실천문학사, 2018)

남효선 _둘게삼 _ 『둘게삼』(시와에세이, 2008)

문인수, 길을 수(繡)놓다 _ 『동강의 높은 새』(세계사, 2000)

김만수, 오십천의 달 _ 『소리내기』(실천문학사, 1990)

김명수, 유금사 _ 『아기는 성이 없고』(창비, 2000)

김영무, 불영사 _ 『산은 새소리마저 쌓아두지 않는구나』(창비, 1998)

박목월, 불국사 _ 동리목월문학관

백무산, 감은사지 _ 『거대한 일상』(창비, 2008)

손진은, 강구 가는 길 _ 『두 힘이 숲을 설레게 한다』(민음사, 1992)

손창기, 전어 떼 _ 『빨강 뒤에 오는 파랑』(애지, 2019)

송기원, 구룡포 사랑 _ 『마음속 붉은 꽃잎』(창비, 1990)

신경림, 동해바다 _『길』(창비, 1991)

신석정, 울릉도 얼굴들 _ 석정문학관

안도현, 울진 금강송을 노래함 _『북항』(문학동네, 2012)

안상학, 울릉도 _『아배 생각』(애지, 2008)

오세영, 독도 _『독도는 낭만이 아니다』(한국시인협회 독도지회, 우리
글, 2007)

오태환, 복사꽃, 천지간의 우수리 _『복사꽃, 천지간의 우수리』(시로여
는세상, 2013)

유안진, 경주 남산에 와서 _『달빛에 젖은 가락』(예전사, 1985)

유치환, 울릉도 _ 청마기념관

이근배, 동해 바닷속의 돌거북이 하는 말 _『동해바닷속의 돌거북이 하
는 말』(새글, 1982)

이동순, 독도의 푸른 밤 _『독도의 푸른 밤』(실천문학사, 2020)

이상국, 영덕에서 개와 싸우다 _『어느 농사꾼의 별에서』(창비, 2005)

이색, 영해를 그리워하며 _『목은 이색 문집』(한국학술정보, 2008)

이소연, 오어사 _『오어사』(포항 소재 문학작품 현상공모 수상작품집,
2011)

이원규, 구룡포 _『지푸라기로 다가와 어느덧 섬이 된 그대에게』(실천문
학, 1993)

이육사, 청포도 _ 이육사문학관

이시영, 미당이 구룡포 가서 _『은빛 호각』(창비, 2003)

이영광, 독도들 _『나무는 간다』(창비, 2013)

이정록, 독도에서 쓰는 편지 _『까짓것』(창비교육, 2017)

이하석, 경주 남산 _『것들』(문학과지성사, 2006)

장석남, 경주 황룡사터 생각 _『왼쪽 가슴 아래께에 온 통증』(창비, 2001)

정일근, 감은사지 2 _『처용의 도시』(고려원, 1995)

이종주, 울진 콩의 노래 _『밤새 콩알이 굴러다녔지』(걷는사람, 2019)

조용미, 흥덕왕릉 소나무숲 _『일만마리 물고기가 산을 날아오르다』(창비, 2000)

차영호, 봄밤 _『애기앉은부채』(문학의전당, 2010)

편부경, 독도 우체국 _『독도 우체국』(한결, 2004)

함순례, 강덕기 여사 _『뜨거운 발』(애지, 2006)

허만하, 후포 뒷길에서 분노한 바다를 보다 _『물은 목마름 쪽으로 흐른다』(솔, 2002)

황규관, 독도 _『패배는 나의 힘』(창비, 2007)

동해, 시가 빛나는 바다
2020년 12월 31일 1판 1쇄 펴냄

지은이 최재봉
펴낸이 김성규
편집   김은경 미순 조혜주
디자인 김동선
펴낸곳 걷는사람
주소   서울 마포구 월드컵로16길 51 서교자이빌 304호
전화   02 323 2602
팩스   02 323 2603
등록   2016년 11월 18일 제25100-2016-000083호

ISBN 979-11-91262-16-2   03810

* 이 책은 문화체육관광부와 경상북도 환동해지역본부의 지원으로 발간되었습니다.
* 이 책 내용의 전부 또는 일부를 재사용하려면 반드시 지은이와 출판사의
동의를 얻어야 합니다.
* 잘못된 책은 교환해 드립니다.